新潮文庫

白い服の男

星新一著

目次

白い服の男

白い服の男

朝、出勤して署長室に入ると、まず部屋の壁の大きな鏡をのぞきこむ。これがだいぶ前から私の習慣になっている。そこには三十歳の私の姿がうつっている。

まっ白な制服。雪のような、みがかれた健康な歯のような純白。私はこの制服が好きだ。けがれのない理想の象徴そのものではないか。私はこの制服をつけていることを誇りに思う。

えりもとまでぴっちりとボタンがかかり、腹のまわりには青い色のベルト。そのベルトの左側には、銀色の長さ七十センチほどのムチが下っている。特殊合金製の弾力のあるムチだ。

また左腕に巻いた青い色の腕章、足にはいているグレイの長靴。どれも私の趣味にぴったりだし、職務の重大さに身のひきしまる思いがする。

このような制服をきめた上層部の連中は、頭がいい。私はこの服にあこがれて、この職をえらんだ。もちろん、あこがれだけでなれるような、なまやさしい道ではなかった。この地位につくまでに、私は長い期間にわたって、きびしい特別の訓練を受けさせられたものだ。肉体的にも精神的にも……。

私はまた、この建物内の雰囲気《ふんいき》も好きだ。コンピューターが何台もあり、磁気記録装置や無数のパンチカードが整然と並べられ、いつでも役に立とうと待っている。装置は正確であり、疲れることを知らない。ここの任務も、それと同様。正確でなくてはならず、疲れることも許されないのだ。

ここは特殊警察機構の八九六〇五分署。私はその署長。この地区一帯を二十名の部下とともに受け持っている。

出勤した私は、本部との定期連絡をすませたあと、盗聴室へ入った。そこには壁いちめんにボタンが並び、担当の部下が気まぐれにひとつずつ押している。これは各所にしかけられた盗聴マイクと連絡してあり、そこでの会話が送られてくるのだ。

担当の係は私を見てあいさつをした。

「あ、署長……」

「仕事をつづけたまえ」

私が言うと、部下はボタンのひとつを押した。若い女の甘い声が聞こえてきた。

〈ねえ、あたしのこと好きなんでしょ。お願いだから、そうだと言ってよ……〉

ホテルの一室にしかけた盗聴マイクからのものだろうか。それとも、公園のベンチからのものだろうか。

部下は平然とした表情で、べつなボタンを押す。女の声は切り換えられ、こんどは男どうしの会話が聞こえてきた。押し殺した声だ。

〈非合法の催眠弾を五発ばかり手に入れた。いい目標はないだろうか〉

〈そいつはすごい。どうだ、レジャー・ランドを襲わないか。閉園の時間に裏口からしのびこんで……〉

だが、部下は事務的な動作を変えず、べつなボタンに指をのばした。

この盗聴室にいると、いろいろな、なまの会話がキャッチできる。くだらない会話、面白い会話、時にはいまのように強盗の計画だって耳にすることもできる。まれには、贈収賄《ぞうしゅうわい》とか殺人の計画なども聞くことがある。

しかし、そんなたぐいの犯罪を取締るのは、一般の警察の仕事なのだ。私たちの特殊警察機構の口出しすべき分野ではない。通報などせず、聞き流しておけばいいのだ。

いや、通報などしてはいけないのだ。そもそも個人の私生活を盗聴することは、人間性を無視した行為だ。たとえ殺人が起ろうとも……。

いや、現に盗聴した通りに殺人がなされ、一般警察が犯人を逮捕できずに終ったこともあった。私も部下もその犯人を知っている。街を歩いていて、そいつと顔をあわせることだってある。だが、手を出すことはできないのだ。それどころか、顔色を変えてもいけない。そのようなことに耐える訓練を、私たちは受けている。告白を聞いて、それを他人にもらせない神父と同じ修業なのだ。忘却についての自由を持たない人間という生物にとって、こんな苦痛はない。

部下のなかには、自分の妻の浮気を盗聴によって知りながら、そしらぬ顔をしつづけている者もある。盗聴という行為は、されるほうよりも、するほうがはるかに苦しい。

だがこれが職務なのだ。重大な職務なのだ。人類のために、だれかがこの精神的苦痛をしのばなければならない。そして、義務を冷静にはたさなければならない……。

部下がボタンのひとつを押した。男の子のあどけない声が聞こえてきた。五歳ぐらいだろうか。

〈ねえ、パパ……〉

〈なんだい〉

〈遊ぼうよ。セをやって遊ぼうよ……〉

それを聞いて、部下も私も顔がこわばった。盗聴室の空気が一瞬つめたくなる。そのなかで、父親の声が一段と高くなる。

〈おまえ、そんなことを二度と口にしてはいけない……〉

盗聴されていることは知らないはずだが、私たちが感じているのと同じくらいの緊迫がこもっている。父親は坊やに聞いている。

〈……どこで、そんなことを聞いたのだ……〉

〈どっかのうちの子供が言ってたよ〉

〈そいつとは、二度とつきあうな〉

〈でもなぜなの。わけを教えてよ〉

ふしぎそうな坊やの声。だが、父親の声は威圧《いあつ》と驚きにあふれている。

〈わけもなにもない。いけないからいけないのだ。これから二度といまのようなことを言うな。言ったらこれだぞ……〉

激しくたたく音。子供の悲鳴。それがいつ終るともなくつづく。そのうち、母親らしい声も入ってきた。だが、彼女は父親から事情を聞くと、坊やをたたく行為を引きついだ。

私は部下に言った。

「要注意だな。いまの子の言動を定期的に監視しろ。坊やの今後の変化を追跡しなければならぬし、あの知識を教えたどっかの子供とやらを、つきとめられるかもしれない」

「はい……」

部下は答えながら、パンチカードに必要事項を記入しはじめた。私はうなずきながら言う。

「盗聴室の機能を、もっと充実させたほうがいいようだな」

「上部にその提案をなさる時には、この係の増員もお願いしますよ。人員が二倍になれば、発見率も二倍にふえるわけですから」

私が署長室にもどると、部下のひとりが部屋に入ってきて言った。

「署長。区域内巡視の時間です」

「よし、出かけよう。あとは副署長、よろしくたのむ」

私は二名の部下を従え、街へ出る。部下たちの制服はグレイの色だ。

行きかう人びとは、私をながめる。私の服の白さに目を見はるのであって、それ以上の感情は抱かない。不快や恐怖の視線をむけられることはない。特殊警察は社会のために存在し、働きつづけているのだということを、だれもが知っているからだ。その仕事の内容までは知らない人も多いだろうが……。

拾得物を横領したばかりの人だって、私を見て逃げたりはしない。それは一般の警察の仕事なのだ。私たちをこわがるのは、ただ一種類の人間。そいつらは私たちの姿を見ると、遠くですぐに身をひそめてしまう。だから、私はいやな視線を受けないですむのだ。

私の部下の私服の連中は、その、私を見て身をひそめるやつらを発見すべく、先行して警戒に当っている。署長のまっ白な制服の効用は、こういうところにもある。

広場に出る。その中央の金属製の柱には、数名の人物がクサリでしばりつけられている。通りがかりの人びとが、そなえつけのムチでひっぱたいていた。

やつらの服はやぶけ、血がにじみ出していた。しかし、しばられているやつらは、声ひとつたてない。声帯に麻酔薬を注射されているので、出そうにも声が出ないのだ。もっとも、声が出せたとしても、もはやその気力も残っていないだろう。

やつらをつないである柱には、簡単明快にこう記した標識がつけられている。

〈人類の敵〉

私たちの特殊警察が捜査し、逮捕し有罪とし、ここにつないだのだ。普通の犯罪者なら、こんな罰は許されない。罪人にだって人権はあるのだ。街なかの広場にさらされ、通行人のひっぱたくにまかせるというのは、人間の尊厳を無視している。

しかし、人類の敵となると話はべつだ。ひそかな処刑ではなまぬるい。見せしめに、大衆の手でいじめ抜かなければだめだ。そして絶命寸前になると、分署のほうに運んで地下室に収容する。手当てをするためではない。とどめをさして、死体を処理するためだ。

私はひとりに近よって、腰のムチでひっぱたいた。若い女だ。銀のムチが風を切り、着物を破る。白い肌《はだ》が出た。しかし、その白さも長くはつづかない。私は同じ個所にムチを当てる。訓練のため、正確にムチを振ることができるのだ。肌はたちまち赤くはれ、血がにじみ、皮膚が切れる。

顔を見ると、おとなしそうな美人だ。なぜこのような大それた思想を持つに至ったのかわからない感じだ。悪魔にとりつかれたのかもしれない。ちょっとした気の迷いかもしれない。しかし、だからといって見のがすことはできないのだ。

女はあわれみを乞《こ》うような目つきで、私を見た。かすかに残った気力を目に集め、ひとすじの救いを求めているのだろう。しかし、私の心は少しも動かない。こんなことでぐらつくようでは、署長として不適格。職務への裏切りとなる。第一、私には許して釈放する権限などないのだ。かりにあったとしても、もちろんそんなことはしないが……。

その時、となりに縛りつけられている老人が、私につばをはきかけてきた。声が出せないで、せめてもの腹いせというわけだろう。

しかし私は身をかわしてそれをよけた。この白く美しい服をよごされてはかなわない。その思いと、きたえた運動神経とによって、私の動作はすばやくなっている。

私はムチのにぎりの部分についているボタンを押し、老人を打った。こうすると電撃を与えることができるのだ。ぐったりと力のつきた老人も、そのショックで飛びあがった。私は子供のころにやった、カエルの足に電流を通じる実験をふと思い出した。

「こいつは、あすあたり地下室に運ぶことになりそうだな」

「はい……」

部下はきびきびと答えた。私たちが広場を歩き去ると、うしろではまたムチの音が響きはじめた。通りがかりの人が、ひまつぶしにやつらをたたいているのだ。

しかし、悲鳴は聞こえない。やつらは声を出せないのだ。声を出せるようにしておいたら、やつらはその危険きわまる思想を、大声で叫ぶにきまっている。

一巡して署にもどると、留守をあずかっていた副署長が私を迎えて報告した。

「さきほど密告がありました。いま、密告係がその検討をやっています」

密告による摘発も多い。特殊警察の密告制度ははばが広い。私たちが作りあげた密告網《もう》もある。報償金めあてで友人を通報してくる者もある。しかし、やはり最も多いのは、大衆の自発的な協力によるものだ。これは社会のためであり、人類のためであり、世界の平和のためなのだ。

コンピューターの音が激しく響いたあと、密告担当係が報告にくる。

「この人物は、これまでの盗聴の記録、その他の各種のデータなどから、容疑は濃厚です」

「よし、急襲しろ。抵抗したら容赦なく射殺せよ。五名でむかえ。ひとりは小型テレビカメラを胸につけて行け。それを見ながら、わたしはここで指示を与える」

「はい」

私服の部下たちが逮捕に出動した。

私は壁のスクリーンで進行をみまもる。目標の場所は、高層アパートの三十七階の一室だ。ドアの前にたどりついた部下たちは、高熱光線で鍵《かぎ》をとかし、そっとあける。令状なしで住居に入れるのは、特殊警察の特権なのだ。

「動くな。特殊警察だ。動くとすぐ射殺するぞ」

部下が告げている。部屋のなかにいたのは、十七歳ぐらいの少年ふたり。特殊警察と知ると、みるみる青ざめ、ふるえだした。机の上の紙を破り捨てようと思っているらしいが、手が動かない。もっとも、動いたらすぐに射殺されるのだ。

部下がそれを押収するため机に近よると、それがなんであるか、テレビカメラを通じて私にもわかった。確実な現行犯だ。

古い古い新聞のきれはし。それを複写器でコピーしたものだ。複写したものをさらに複写したためか、ずいぶんぼやけているが、あきらかに写真がのっている。

鉄カブトをかぶり、銃《じゅう》を持った男が、引金《ひきがね》をひいている。そのむこうで飛び散っているのは、爆弾のあげた土煙のようだ。いまわしい写真だ。

「にくむべきセの写真だ……」

私はつぶやく。セとしか口に出せない。戦争などと、語の全部などとても言えたものではない。私は無電で部下に指令を与える。

「証拠は充分だ。そいつらを連行して来い」

部下が二人の少年に手錠をかけた。そのさわぎで、ひとりの母親らしいのが奥からあらわれ、部下たちに泣きつく。声はよく聞きとれないが、どうせ言うことはきまっている。

なにかのまちがいです。うちの子に限って、そんな大それたことなど。お願いです、見のがして下さい。もう二度と……。

部下はその婦人をけとばし、少年たちを連行する。現行犯ではないか。この少年二名は、戦争への興味や関心を示していた。証拠はここのビデオテープに記録された。それで充分なのだ。私たちにはそれを逮捕し連行する権限があり、それが職務だ。特殊警察機構は、世界平和最高会議の直属の組織。いかなる政治の変化にも拘束されない、独立の機関なのだ。すなわち、全人類の支持で行動しているといえる。

泣きながらとりすがる母親に、部下が言いわたしている。

「これ以上われわれの行動を妨害なさると、あなたも平和の敵とみなされ、連行されることになりますよ」

「ああ……」

彼女はため息を途中で凍《こお》らせ、おとなしくなった。心のなかで、人類の一員であるとの自覚が、むすこへの愛情にやっとうちかったのだろう。


やがて、少年二名が署に引き立てられてきた。私は地下の尋問室に入れさせ、ムチでひっぱたく。

「おい、あの古新聞の複写はどこで手に入れた。言え」

少年たちは口をかたくつぐんでいる。言えばその人に迷惑が及ぶと知っているのだ。あどけない顔つきのなかに、決意の表情が浮かんでいる。私はまず、おだやかにことを運ぼうとする。

「きみたちがその人をかばおうとする気持ちも、わからないではない。しかし、世界の平和とくらべて、どちらが大切か考えてみてくれ。ここで戦争の芽をつみとるか、放任するかの選択をしなければならないのだ。さあ、だれからもらったのか……」

しかし、少年たちはだまったまま。

「……おい、風に乗って窓から舞いこんできた、とでもいうつもりかね。あまりふざけた答えはしないほうがいいぞ……」

私はボタンを押してムチをふるった。電撃が少年の顔をゆがめる。私は腹立ちまぎれにそうしたのではない。面白くてやっているのでも、いやいやながらやっているのでもない。職務なのだ。全人類から委託された神聖な仕事なのだ。

「……言ったほうがいいぞ。正直に答えれば、隔離した場所での重労働二十年か、新薬の生体実験ぐらいですむ。答えなければ、きみたちもご存知の通りだ……」

しかし、少年たちは強情《ごうじょう》だった。いかなることがあっても言うまいと、口のあたりに力をこめている。その口を割らすのが特殊警察の任務であり、方法については研究が進んでいる。私は部下に命じた。

「おい、まず、そいつらの腕に麻酔薬を注射しろ……」

筋肉の力を消し、あばれないようにしてからとりかかる。

「悪臭ガスでも使って、苦しめてみろ」

少年たちの顔にマスクがつけられ、なんともいえないにおいが送られる。人体の焼けるような、毒虫をすりつぶしたような、内臓をかきまわされるようなにおいなのだ。少年のひとりは、がまんしきれなくなったのか、涙を流しはじめている。

「よし、悪臭ガスは一応それくらいにして、つぎの拷問《ごうもん》に移ろう……」

私の命令で部下がマスクをはずすと、少年がかすれた声でつぶやいた。

「ああ、こんな目にあわされるとは。たかがセの写真の一枚ぐらいで……」

それを耳にし、こんどは私も腹を立てた。一枚ぐらいとはなんだ。それをみとめれば、二枚が三枚になり、はては戦争についての言論の横行《おうこう》をみとめることになる。

そうなると、戦争の概念は一般にひろまり、戦争の発生する土壌を作ることになる。土壌ができあがれば、現実に発生するのは時間の問題だ。ダムのアリの穴をふさぐことが、平和を維持する唯一《ゆいいつ》の方法なのだ。こういうわかりきったことへの無理解にであうと、私もつい腹を立ててしまう。五回ほど電撃のムチを加えた。

拷問には十の段階があるが、最終の方法まで使うことはめったにない。この少年たちは第三段階で自白した。たあいないものだ。ただちに古新聞の複写の出所をめざして、部下が逮捕に急行した。

私は書類を作成し、平和法廷に電送する。数日中に判決が出るだろう。どんな極刑に処せられるか、そこまでは私の関知するところではない。

明日あたり、見せしめ後の死刑という判決を受けた囚人たちが、何名かまた新しくここへ送られてくることだろう。そいつらは広場の柱につながれることになる。その場合、地域放送のテレビによって、人類の敵にむちうてとの放送がなされる。

中世において魔女裁判というのがあったそうだ。大衆はものにつかれたように魔女を狩りたてたという。また、むかしはテレビのコマーシャルによって、特売場へ婦人たちが押しよせたこともあるという。そして、いまはそんな時代にくらべ、心理を操作する扇動技術はずいぶんと進歩している。

テレビを見た人びとの足はしぜんに広場にむかい、ムチを持つ手には条件反射的ににくしみがこもるのだ。普通だったら、いいこととはいえない。人びとの思考を停止させ、理由も考えさせず、ある行動にかりたてるのだから。

しかし、この場合は別だ。やつらは平和の敵なのだ。人間あつかいすることはない。力をこめてひっぱたくべきなのだ。そのひと打ちひと打ちによって、人類の頭や心のなかから、戦争の概念が消されてゆくのだ。

ひとわたり仕事がすむと、午後の二時ごろだった。私は副署長に言った。

「ちょっと、あとをたのむ。閉鎖図書館の処理状況を視察してくる」

私の地区にはこういうやっかいなものがあるのだ。その管理は私と直接の関連はないが、存在しているだけでやはり神経を使う。そこには未処理の図書が、まだたくさんある。

私はそこへ出かけた。厳重な警戒がなされているが、もちろん私は入ることができる。そして、ここの責任者は私と同期に訓練所を出た者だ。そのため話しやすい。私は彼に言う。

「きょう、古新聞の複写を持った少年を逮捕した。その出所を追及中だが、それをたどってゆくと、まさかここにたどりつくなんてことに、なるんじゃないだろうな」

「とんでもない。一枚でもここから未処理の本が流出したら、大変な責任問題だ。冗談にもそんなことは言わないでくれ」

彼は打ち消した。その通りだろう。だが、念には念を入れて注意をしておいたほうがいいのだ。注意のしすぎは、決して悪い結果をもたらさない。私は雑談めいたものへ話題を移す。

「どうだい、処理の進行ぶりは」

「本の流出の警戒をしながら、処理を急がなければならないのだから、苦労はたえないよ。優秀な人員をそろえて仕事を進めているのだが、なかなか予定どおりに進まない。科学史の部門が、まもなく完成するといったところだ。まあ見ていってくれ……」

この閉鎖図書館のなかでは、特殊教育を受けた秀才たちがずらりと机を並べて、科学史の全面的な書き換えをやっている。

いまさら説明するまでもあるまい。文章のなかから戦争という文字を抹消《まっしょう》するためだ。文字だけなら簡単だが、それではすまない。戦争という概念そのものを消すのだ。

われわれ人類の歴史において、戦争なるものは過去にひとつも存在しなかった。そう統一しなければならない。歴史的事実を未来になってから、勝手に変更する行為。これは感心したことではないかもしれない。しかし、それと平和とを並べて、どちらをとるかといえば、わかりきったことだ。平和にきまっている。

レーダーはなにによって発明されたか。いうまでもなく、飛行機の安全をたもち衝突を防ぐためにだ。平穏な空の旅。それは、人類が鳥をながめてうらやましがった時以来の欲求だった。そして、欲求はいつか実現するものなのだ。

原子力はなにによって発明されたか。エネルギー資源を開発しようという、人類のあくなき努力と知恵とによってだ。必要は発明の母であり、豊かな生活を求める意志さえあれば、人類はそれをみつける。

ロケットはなにによって発達したか。夜空を見あげて美しいと感じ、それへ達したい手を触れたいと思いつづけた。その意識がつみ重なって形をとった。

潜水艦はなにによって発明されたか。魚のごとく水中を泳ぎ、海をわがものとしたいという夢がみのって……。

戦争についてのことを一切のぞき、このように正しく書きあらためたものは、本となりマイクロフィルムとなる。そして、一般の図書館に送られ、また発売されるのだ。全部の図書についての処理が終るまでには、まだ長い年月を必要とするだろう。だが、やらなければならぬことなのだ。すべてがすんだ暁《あかつき》には、私たち人類は過去から未来にわたる、完全な平和を所有できるのだ。

閉鎖図書館の責任者は言った。

「まったく、歴史関係の処理はやっかいでね。なにもかも、つじつまを合わせなければならない。読者に疑問を抱かせたら一大事だ。コンピューターを何台も動かし、新しい歴史を組み立ててゆくのだからな」

「それでなんとかなるのか。たとえば、古い城あとなど、こじつけるのは大変だろう」

「ああ、苦心するな。戦争のためでなかったとするため、むかし流行した大規模なゲームと、そのルールまで作りあげたよ。それでも説明しきれないのは、消す以外にない。その部門の活動は知ってるだろう」

「うん……」

私はうなずいた。古戦場の一帯をたんねんに掘りかえし、弾丸の一発に至るまで取り除いてしまう作業の部門だ。容易なことではないが、いつの日か、発掘品から戦争なるものを想像する者が出ないとも限らない。平和のためには、それくらいの代償はいたしかたない。

この閉鎖図書館には一本の煙突がある。完全燃焼のため煙は見えないが、そこから熱気が立ちのぼっている。処理がすみ、書き換えがなされて不用になった原本は、この焼却炉へほうりこまれるのだ。

私は案内されて内部を一巡した。地下の倉庫には、まだ山のように本がある。かびくさい陰気なにおいがよどんでいる。私は聞いた。

「ここにあるのは……」

「小説のたぐいだよ。歴史の部分が完成したら、それにあわせて処理する。ひとまとめに焼けば簡単だが、書きなおして残せるものはなるべく残す。これが上部の方針だし、文化遺産がゼロでは、かえって変だろう」

本の山は二つにわかれていた。私は指さした。

「どうちがうんだ、これとこれは」

「ちょっとのぞいて、どうにも書きなおしようのないのがそっちさ。近いうちに焼却してしまう。見るも恐しい内容だよ」

私は手に取る気にもなれず、眺めるだけにした。『西部戦線異状なし』『裸者と死者』『三国志』『風と共に去りぬ』といった題が目についた。

「風と共に去りぬ、なんて、おだやかな題名じゃないか」

私が質問したが、彼は目を閉じて、だまって首を振った。やはり、おそろしい戦争シーンが描かれているのだろう。私にはどうしても理解できないことだが、人びとのなかには戦争に恐怖や嫌悪《けんお》を感じないで、なにかロマンチックで好ましいものを覚えるやつがいるのだ。

それを、ここで根だやしにしなければならない。文化がなんだ、文学がなんだ。美術がなんだ。それらと平和とどちらを選ぶかとなれば、答えはきまりきっている。

私は少しはなれたところに落ちている一冊の本を拾った。キケロとかいう人の書いた本らしい。なにげなく開くとこんな文が目に入った。

〈私は最も正しい戦争よりも、最も不正であっても平和のほうを好む〉

むかしの人のなかにも、いまの私たちに似た考えの人があったようだ。しかし、やつは考えただけで、その実現のためにはなにもしなかったのだ。実行のともなわない言葉がなにになる。それに、平和こそ正義なのだ。唯一絶対の正義ではないか。

私はその本を、焼却炉へ送る本の山にほうりこんだ。まったく、この地下室にいると、いらいらしてくる。戦いにとりつかれた過去の気ちがいどもの亡霊が、死にきれずうごめいているからだろう。

いいかげんで出ようとしたが、簡単にはいかなかった。帰る時は、訪れた時の何十倍もの検査を受けなければならない。私でさえそうなのだ。古新聞が流出したのは、ここからではなさそうだ。

私はやっと閉鎖図書館から出た。太陽の光が夕ぐれ近いものとなりかかっている。分署へむかって歩く。いま本の山を見たせいか、頭のなかがもやもやし、いろいろな考えが浮かんでは消える。

私は特殊警察機構の一員で、秘密に特別な教育を受けたため、本当の過去についていくらか知っている。危険なものについての知識を持たなければならないからだ。しかし、わからぬことだらけだ。私には過去の連中が理解できない。むかしのやつらは、軍備を縮小したり、武器をなくしたりすれば、戦争の発生を防げると考えていたらしい。一方で戦争を論じ、戦争を記録したものを野放しにしておいても、心がまえさえできていれば、戦争への発展を防げると思っていたらしい。平和をとなえつづければ、いつかは平和が実現すると思っていたらしい。

どうも私には、わけがわからぬ。戦争の概念を一掃することを、なぜ考えなかったのだろう。あるいは考えたのかもしれないが、だれも実行しなかった。同じことだ。怠惰だ。怠惰な気ちがいだ。

戦争について考える者、戦争の語を口にする者を横行させておいて、平和を迎えようとする。気ちがいじゃないか。気ちがいでなかったとすれば、心から戦争が好きだったのだ。しかし、戦争が好きということは、気ちがいじゃないか。

そうじゃないか。だからこそ、二十世紀の末にめちゃくちゃな世界大戦をはじめやがったのだ。その悲惨さ、そのむなしさ、そのばかばかしさ。お話にもならない。

生き残った人類が、力をあわせて、やっとここまで世界を復興させた。その初期に、この方針がきまったのだ。戦争という概念を決して次代に残すまいと。いかなる犠牲を払っても、二度と平和は手放すまいと。たとえ、それがいかなる犠牲であろうとも……。

私のポケットのなかで、小型無電機のベルが鳴りはじめた。分署からの緊急連絡だ。

「おい、どうした」

私が聞くと、副署長が答えた。

「密告者があり、スパイ班が急行して確認しました。密告の謝礼はいくらぐらい……」

「要求するだけ払ってやれ。それより、なにごとなのだ」

「郊外の森のなかで、小さな子供たちがセごっこをやって遊んでいるそうです。いとも楽しげに、叫び声をあげ、かけまわり……」

「よし、五名ほど署員をそこにむけろ。逃げる者があれば、すぐ射殺せよ。わたしもすぐそっちへむかう」

私は無意識のうちに、腰のムチを引き抜き、縦横に空気を切った。気ちがいの卵め。ほっておけば、やつらのなかからアレキサンダーとか、ナポレオンとか、ヒットラーのようなのが出現するのだ。いま、その芽をつみとらなかったら……。

ムチは鋭いうなり声をあげている。使命感と活力が体内にわいてくる。平和の敵を消毒せよと。

戦争とは、伝染病の細菌やビールスのようなものだ。完全には根絶《こんぜつ》できないかもしれない。だからこそ、早期に発見し、ひろがる寸前に消毒する。これを根気よくつづけなければならない。気をゆるめ手を抜けば、徐々にそれは成長し、いつかはとりかえしのつかないことになる。

私は自分の制服を見る。まっ白。純白な平和の象徴だ。そして戦争という人類の病毒を押える医師でもあるのだ。この白衣はそれをも意味している。また、この腕章のマーク。青いなかに飛んでいる、やはりまっ白なハトの姿。

月曜日の異変

月曜の朝、時計のベルの音で満里夫は目をさました。みちたりた眠りだった。彼はベッドの上でのびをしながら言った。

「おい……」

妻の波江へ声をかけたのだ。すると、キッチンのほうから返事がかえってきた。

「あなた、おめざめですの」

すがすがしい言葉だ。それを耳にした満里夫は、身をおこして腕ぐみをした。考え込みながら、歯でくちびるをかむ。痛い。となると、これは夢ではないようだ。だが、満里夫にはどうにも信じられないのだった。

亭主が呼び、妻が答える。べつにふしぎがることでもないわけだが、この場合の彼にとっては異常な現象だったのだ。

満里夫と波江は若い夫妻。妻の波江は魅力的な顔だちで、しんはいい性格だ。しかし、ただひとつの欠点は、動作が男っぽく、言葉づかいがぞんざいなことだった。

ほかにも欠点が多ければ、こんなことはさほど問題にならない。だが、これが唯一の欠点となると、いやに目立つ。亭主の満里夫にとって、はなはだ神経にさわること

だった。

ずっとがまんしていたのだが、先日、その限度を越えることがおこってしまった。会社の上役の人を家に招待したのはいいのだが、波江が例によってぽんぽんと口をきいたのだ。

「いらっしゃいませ」と言うべきところを「やあ」ですませる。帰りのあいさつの時も「じゃあ、また」と言う。芸術家かなんかならまだしも、家庭婦人にはふさわしくない。上役はきげんを悪くしたようだ。

上役は会社で満里夫に当りちらし、満里夫はふきげんを自宅に持ち帰った。

彼は波江に、なんとか言葉づかいをなおせ、と注意した。こんなことではお客を呼べない。昇進もできない。パーティーへも連れてゆけない。

だが波江は、うまれつきだからなおせない、と答える。たしかに、簡単にはできないことだろう。二人の意見はぶつかった。

そんなわけで、満里夫は面白くなく、金曜日に会社から帰宅すると、ふてくされて寝てしまった。週末を寝てすごすのだと、新しく開発された睡眠休養剤を薬局から買ってきて飲んだのだ。

波江はあわて、あたしが悪かったとあやまった。だが、もはや手おくれ。薬は効力をあらわし、満里夫はぐっすり眠ってしまった。

彼が飲んだのは、十二時間錠を五つ。すなわち合計すると六十時間ぶんで、この月曜の朝まで眠りつづけたというわけなのだ。

満里夫はまた妻をよんだ。

「おい、いま答えたのは波江なのか」

「はい、なんでございましょう」

それを聞き、彼はあらためて首をかしげた。いままでの例なら「うん」という声がかえってくるはずなのだ。

それが、けさに限って、こうもていねいな口調。しかも、つけ焼き刃の感じがない。彼が別人かと疑ったのもむりもないことだ。

そして、声は波江そのものなのだ。ふしぎとしかいいようがない。満里夫が考えこんでいると、波江がベッドのそばへやってきた。

「おはようございます」

「本当におまえなのか」

「もちろんですわ。なんでそんなことをおっしゃるの」

波江はしとやかに答えた。満里夫はさらに頭をかかえた。どういうことなのだろう。妻は言葉ばかりか、表情や動作まで上品になってしまった。

わけのわからぬ事態に直面し、彼は少しぞっとした。その感情を追い払おうと、満里夫は波江を抱きよせ、顔をみつめ、キスをした。だが、波江にまちがいないことを確認させられただけだった。

解答はえられず、彼は不安を胸に会社へ出勤した。しかし、その日の仕事の能率はがた落ちだった。妻の異変の原因が気になってならないのだ。

もしかしたらと、満里夫は思いつき、神経科の医者をやっている友人に電話をかけた。

とつぜん妻の性格が一変したことを話し、うちへ来てそれとなく診察してくれないか、とたのんだのだ。友人は承知した。満里夫は会社の帰りに彼を迎えに寄り、いっしょにうちへついた。

「友だちを連れてきたよ」

と満里夫が言うと、波江はしとやかに迎えた。以前に上役を迎えた時とは打って変った言葉で、あいさつをした。

「いらっしゃいませ。いつも主人がお世話になっております」

客をもてなす彼女の動作は礼儀正しく、洗練され、終りまで乱れなかった。

つぎの日、満里夫は出勤するとすぐ、昨日の友人に電話をした。

「ね、たしかに妻はおかしいだろう」

しかし、予想に反した答えだった。

「観察したところでは、奥さんに異常さは少しもないよ。目つきも正常だし、話も混乱していない。表情をびくつかせたり、手がふるえたりもしていない。健全そのものだ。精密検査の必要はないいな」

「いや、絶対におかしいはずなんだ」

「となると、診察を要するのは、きみのほうということになるよ」

「そうかなあ」

満里夫は不満げに電話をきった。こっちがおかしいなんて、あるわけがない。帰宅すれば、波江は依然として口調も身ぶりも、しとやかで優雅だ。満里夫は「おまえは波江じゃない、別人だ」と言おうと思ったが、それはやめた。そんなことを口走ったら、変に思われ、医者を呼ばれてしまうかもしれない。

また、別人であるときめつけようにも、その証拠がないのだ。彼はそれからの毎日を、いらいらした気分ですごした。

何日かたったが、なぞは少しもとけない。満里夫は、波江との会話のなかから、変化の原因をつきとめようと考えた。外見から以前との差異をつかむことができないのなら、内面をさぐってみようというのだ。

「秋の休暇には、山の旅をして楽しかったな」

「ええ、あのときはあなた、頂上で大きな声で歌をおうたいになって……」

との波江の答え。その通りだったのだ。満里夫はつづけて、さりげなく言う。

「今度の春の休みには、新婚旅行の時に泊ったホテルへ行ってみようか」

「そうしましょうよ。おいしい料理を作ってくれたコックさん、まだいるかしら」

それも波江と彼しか知らないはずの思い出だった。となると、以前と同じ波江なのだろうか。それなら、なぜ急にこうも優雅になってしまったのだろう。手のつけようのなかった性質が、こんなに変るものだろうか。

満里夫はまた、なにげなく言った。

「はじめて会ったのは、街のなかの公園だったな。ぼくがベンチで休んでいると、通りがかったきみが、ふいに貧血を起して……」

「ええ、あたし、あの時、踊りのおけいこをあまり熱心にやりすぎたので、とても疲れていて……」

「なんだって……」

満里夫は緊張した。そこはちがうのだ。いままでの波江の話では、つとめ先の会社で上役に怒られ、悲しく思いつめて歩いていた時のはずだった。第一、波江が踊りをやっていたなんて初耳だ。彼は聞く。

「……あれは会社の帰りじゃなかったのかい」

「そんなはずはありませんわ。会社などにおつとめしたこと、ございませんもの」

さらに聞くと、日本舞踊の先生の内弟子としてその道にはげんでいたのだと、波江は話した。彼女は満里夫を、ふしぎそうな目つきで見つめる。なぜ、いまさらそんなことをお聞きになるの、と。満里夫は本当に自分がおかしいのだろうかと、どぎまぎしながら言った。

「ちょっと踊ってみせてくれないか」

「はい……」

波江は曲を口ずさみながら、洋服姿のまま少し踊った。満里夫にはよくわからないが、それは年季をつんだもののように思えた。

彼は呆然《ぼうぜん》と見つめた。いったい、これはどうしたことなのだ。踊りなどまるで知らず、会社づとめをしていて、公園で知りあい、結婚してずっといっしょだった、男のような口調の波江はどうしたのだ。

彼はアルバムを出して開いた。小学生のころの波江が、学校の先生とうつっている写真がある。それを示したが、波江は先生の名を知らなかった。思い出せないのではなく、まるで知らないのだ。

ここにいる波江は、べつな過去から発生し、公園で知りあい、結婚した波江ということになる。次元が狂ったのだろうか。いままでの波江はどこへ消えたのだ。そして、ここにいる波江は、どこから出現したのだろう。

うそをついたり、彼をからかっているのでもなさそうだった。何度くりかえして聞いても、同じ質問には同じ答えがかえってくる。しかし、なぜなのだ。

しばらくたったある日、満里夫に病院から請求書がとどいた。かなりの金額だが、彼に心当りはなかった。なにか手がかりのつかめそうな予感がし彼はそれを持って出かけ、担当の医師にあって聞いた。

「請求書には私の妻の治療代となっていますが、どんなことをなさったのですか」

医師はカルテを調べながら言った。

「まだご存知なかったのですか。奥さんがおみえになって、ぜひしとやかな性格にしてほしいとおっしゃったのです。しかし、性格は手軽にはなおせない。だが、たってのおたのみなので、手術をしてさしあげたのです」

「どんな……」

「ちょうど、事故でなくなられた日本舞踊の女性があったのです。そのかたの脳の、しとやかさを形成している記憶の部分を、奥さんの頭に移植しました。奥さんのその部分を取り除いたあとへです。なにか困ったことでも……」

「いえ、べつに……」

満里夫は支払いをすませた。そういうわけだったのか。波江はなんとかしとやかになろうと思い、睡眠休養中に病院へ行き、たのんだというわけなのだろう。原因がわかりさえすれば、それでいい。とくに困ったこともない。以前より優雅になったのだから、むしろ喜ぶべきだろう。こうも簡単なら、もっと早くやればよかった。彼は割り切って考えることにした。

しかし、やがて満里夫は、困ったことがひとつあることを知った。妻が時どき、寝言で男の名を口にするのだ。満里夫のでない男の名を。

脳の部分移植の時に、日本舞踊の女性の恋人についての記憶まで移ってしまったのだろう。波江そのものには、過去に深くつきあった男友だちもなく、それについては満里夫も信じている。しかし、彼はその寝言を耳にするたびに、妙に複雑な気持ちにおそわれるのだ。

悪への挑戦

夜の八時。あたしはアパートのエレベーターが三十階でとまるのを待ちかね、廊下を急ぎ足で歩いた。自分の部屋の前に立ち、指輪を鍵《かぎ》穴に押しつける、電磁錠が作用してドアが開き、あたしはなかに入った。

壁にとまったホタルのように青白く光っているテレビのボタンを押した。すぐにアナウンサーの声がわきあがってきた。

「みなさま。夕食もおすみになり、夜のひとときをおくつろぎのことと思います。ではこれより、正義にみちスリルにあふれる、社会の連帯と向上のためのみなさまの番組、そして現実のドラマである〈悪への挑戦〉をお送りいたします。これは法律省のご協力と、スポンサーである……」

まにあってよかった。あたしはこの番組を、毎週かかさず見ている。あたしは二十二歳の女性、まだ独身。自動美容器の会社の営業部につとめている。きょうは販売の仕事が忙しく、おそくなってしまった。歩合もほしいし、テレビも見たい。いらいらしながら大急ぎで帰ってきた。

だけど、そんなことはどうでもいい。なんとかまにあったのだから。あたしは、ほっとした。あとで再放送のを見てもいいのだけど、それだと迫力がぐっと落ちてつまらない。

あたしはこの番組の熱烈なファン。もっとも、あたしだけじゃない。だれでも、どこでもそうなのだ。開始以来、ゴールデン・アワーのこの番組は驚異的な視聴率をあげつづけている。

壁いちめんに、大きなテレビ画面が光をあびはじめた。画面は凹面鏡《おうめんきょう》のように湾曲していて、その前の椅子《いす》にかけると、立体的な感じをともなって見える。

きょうのアナウンサーは上品な茶色の服を着ていて、いつものようににこやかな表情をしていた。手に持った缶詰《かんづめ》をなでるようにしながら、商品の宣伝をしゃべっていた。この赤いラベルの豚肉の缶詰をご愛用下さいとか……。

コマーシャルのあいだに、あたしはブドウ酒のびんとグラスとを用意し、安楽椅子のそばのテーブルにのせた。飲みながら見たほうが楽しさもます。

すぐに番組がはじまった。場面は雨の降る夜の道。道路を横断しようとする老人。ちょっとおぼつかない足どり。そこへグレーのスポーツカーが走ってきて、老人をはねとばした。

老人は十メートルほど飛ばされ、にぶい音とともに道にたたきつけられ、赤い血をあたりに散らせた。降りそそぐ雨が、その血の海をひろげてゆく。

もちろん、これは実写ではない。こんなシーンが現実にとれるわけがない。あとになって現場の痕跡《こんせき》と関係者たちの話をもとに、忠実に再現したものだ。

しかし、どこまでがスタントマンの演技で、どこが特殊撮影なのかわからないほど、よくできていて迫力があった。番組の初期のころにくらべ、この点はすごくよくなった。老人の骨が折れ内臓のつぶれる音まで、聞こえたような気がした。

スポーツカーはブレーキの音をきしませ、一瞬とまったが、あたりにだれもいないと知ると、すぐにスピードをあげた。その青年の複雑な表情。発覚への不安から、にくにくしい平然さへと徐々に移ってゆく演技が巧みで、あたしの心の底に火をつけた。怒りがこみあげ、炎がからだじゅうを走りまわった。どんなことがあっても許されない行為だわ。早くつかまえて、ぶち殺すべきよ……。

短いコマーシャルが入り、あたしはブドウ酒をグラスについで口に入れた。

画面は警察の捜査活動へ移った。原則として、実際に捜査にタッチした警官が演ずることになっている。そのため、専属のカメラマンが捜査に同行して撮影することが多い。秘密を要する場合には、あとからそのシーンを再演してもらうことになる。最近は警察関係者もなれてきて、再演の個所も実写とまったく区別がつかない。

むかしのことはよく知らないけど、いまでは、虚構の物語はまったく影をひそめてしまった。だれもが現実そのものにしか、興味を示さなくなってしまった。作り物の面白さがわからないかなあ、とぐちをこぼす人や、想像力の低下をなげく人はある。でも、そのたぐいの人はごく少数だし、へっていく一方だ。そんな人たちは、図書館から古い本を借りてきて読んでいる。それでいいんだわ。テレビはあくまで大衆のもの。なんのたしにもならない作り話を放送したって、意味ない。

警察側の捜査が進展した。現場での検証がくわしくなされ、広い範囲の聞き込みがはじめられた。近所の家々、そのころに通過したと思われる車の主に対してである。警官たちは熱心であり、人びとは協力的だった。テレビカメラを意識しているせいだけではない。心から協力的だった。なんとか思い出そうとし、思い出せない場合は、あの人なら知っているかもしれないと、できうる限りのお手伝いをする。

悪をにくむ大衆の網の目に追われ、犯人はほとんど逃げきれない。逃げおおせる可能性は三パーセント以下だ。

やがて、定期便のトラックの運転手の証言から、その時刻にすれちがったブルーのスポーツカーが問題とされ、容疑はその所有者にしぼられた。

ごまかし、逃げようとする青年。しかし、大衆と警察の協力の前にはそれもむなしく、川に飛びこんで自殺しようとする。救いあげる警官、人工呼吸、医師の手当て……。

なんとか息を吹きかえすようにと、あたしは祈った。あたしばかりでなく、視聴者ならだれでも祈るはず。ここで死んでしまっては、あとの面白さが失われてしまう。期待にみちた時間が流れ、そのうち青年は蘇生《そせい》した。そうなるとはわかっていたものの、あたしはやはりほっとした。

また、短いコマーシャル。あたしはブドウ酒をつぎ、タバコに火をつけた。

コマーシャルが終ると、法廷の場面となった。これは現実に撮影したフィルムを要領よく編集したもの。被告席には犯人の青年がすわっている。さっきまでの俳優のメーキャップがうまく、犯人そっくりだったので、なんの抵抗もなく見つづけることができた。

きびしい検事の論告。必死に防戦する弁護士。不安におののく被告。うなずきながら並ぶ陪審員たち。それに、興味ぶかく見つめる傍聴人が大ぜい。それらが緊張した空気をおりなしていた。

被告は無罪を立証することができなかった。最後に裁判長が判決を下した。

「死刑を宣告する。その執行期日は追って通知する。なお、処刑の方法は、被告の希望によって、定められたもののなかから選ぶことができる……」

テレビの画面は、その瞬間の青年の表情の変化を、大うつしにしていた。絶望と驚きと恐怖。事態を理解するにつれ、顔の色は灰色に変ってゆく。焦点のさだまらない、見開かれた目の白さが印象的だった。逃げ場を求めても、それはもはやどこにも存在しない。進む道はただひとつ、その果てに待つものは死。

顔の筋肉が激しくひきつってから、力が抜け、しおれてゆく草のように弱々しいものに変った。マイクロフォンの感度がよく、歯の鳴る音、心臓の鼓動《こどう》の音までがはっきり聞きとれた。くずれるように椅子にかける音、のどの奥の声にならない声……。

あたしは興奮した。全国のあらゆる人がいっせいに興奮するひとときだ。もし、上空から見下している人があれば、その熱気がかげろうのように立ちのぼるのを、目にすることができるのじゃないかしら。

これこそ真実なのだ。事実なのだ。ここにこそ人間がある。社会がある。われわれの秩序がある。法がある。悪の末路《まつろ》のみじめさ。正義を支持する人びとの勝利の賛歌……。

この刺激、この心をかりたてる面白さ。作り物の物語りが見捨てられたのも当然のことだわ。からだじゅうをしびれさす。このような感動は、ほかでは得られない。これを味わったあとで、フィクションの本を読みそのほうが楽しい人なんてあるかしら。あったら、頭がどうかしてるんだわ。

気を持たせるようにアナウンサーがあらわれ、各種の商品のコマーシャルをなめらかにしゃべりはじめた。あらゆる広告料金のなかで、この時間ほど高価なものはないという。あたしのつとめている自動美容器の会社でも、年に一回でいいからここでコマーシャルをやりたいといっているけど、いまだに実現していない。とても手がとどかないのだ。

さっき裁判長が「執行の期日は追って通知する」と言った。それが、きょうなのだ。これからの時刻。コマーシャルが終りしだい処刑の実況中継となるのだから、ここでスイッチの切られることは絶対にない。

あたしはグラスを手に、コマーシャルの伴奏の明るい曲にあわせて椅子をゆらせながら、それを待った。

この番組がはじまってから、もうどれくらいになるかしら。四年ほどじゃないかと思う。どんないきさつで、どんな過程をへて実現したのかは、あまりよく覚えていない。しかし、いまになって考えてみると、なるべくして必然的にこうなったのだとの感じがする。自分の口のなかの歯のように、そこに位置をしめているのが、ふしぎでもなんでもないのだ。無理をして、人為的に技巧的に作られた番組だったら、こうは根づよくない。大衆の要求、社会の要求、テレビ局の要求、スポンサーの要求。それらのすべてをみたしている。それらの持つ機能のすべてを生かしている。こういうのを理想の実現というのじゃないかしら。

あたしの知っている限りを思い出してみる。かつて、犯罪の発生の高まる一方だった時期があった。あらゆる学者たちが、それぞれの分野でその分析をやった。教育がいけない、環境がよくない、食料のせいだ、スポーツの不足だ、健全な娯楽が少ない、犯罪をそそのかすような風潮を作るやつがいる、などと。だが、明快な答は出ない。そのあげく、社会がいけないのだとの、あいまいな結論へぼやけてしまうのだった。対策の立たないまま、犯罪の増加は依然としておとろえない。

そんななかで、最初はだれも注意ぶかく口をつぐんでいた説が、しぜんと浮きあがってきた。まがいものがつぎつぎとふるいにかけられ、本物がただひとつ残るように。極刑《きょっけい》とその公開。おずおずと持ち出されたにもかかわらず、意外と反対者は少なく、主張は多くの賛同を得ていった。反対しようにも、社会が悪いという聞きあきた古びた抽象論では、どうしようもないことが、もはやはっきりしていたのだ。

それに、社会が悪いという説には、善良な人びとの反発があった。自分は社会の一員だが、決して悪人なんかじゃない。税金もちゃんとおさめ、ささやかな幸福をまもって生活している。悪人の責任の一端を押しつけられては迷惑だ。あたしだってそう思う。

いままで悪人に同情しすぎていた。人間なら同情すべきだろうが、自己の欲望のために他人を殺すようなやつは、人間ではない。人食い虎であり、猛毒を持った害虫と同じ。そんなたぐいに、なぜ同情しなければならないのか。

花畑を荒す雑草、生命をむしばむ病原菌。それらを殺すのはかわいそうだからと、生かしたまま性質を無害に変えようとする学者があったかしら。あるわけがない。それこそ狂気のさた。反対に病原菌にやられてしまう。

一方、リアルさを求める大衆の期待が、実現を促進するのに役立った。テレビの奥でインディアンや山賊がばたばたといかに倒れようが、それはうそなのだ。死でもなんでもない。うまく作られた話と、うまい軽業《かるわざ》。それは心の空虚をみたしてくれない。なにか、もっと迫力を持った真実のものが欲しいのだ。手に汗をにぎる動きと、心からの訴えが。また、正義の味方という超人のありえないこと、それは架空の幻影にすぎないこと、だれもがそれに気がついた。

さらに、超人は自分たち以外にないことにも気がついた。正義の味方、平和をまもる戦士、身をもって世につくす者。それはわれわれの、ひとりひとり以外にない。犯人逮捕に進んで協力し、その結果を確認するのは、われわれの権利と義務ではなかったろうか。この発見は爽快《そうかい》なものだった。

堕落の一途をたどってきた世の傾向も、これで押しとどめることができる。見つけた道は進むべきだ。もっとも、反論はあった。大衆の下等な快楽に迎合しているとかいう。しかし、そんな説はすぐに消えた。

変な批判。あたしにもよくわからない。正義が楽しくて、どうしていけないのかしら。正義とは本来、楽しいはずのものじゃなかったのかしら。快楽が下等だなんて、頭の古い考えだわ。

テレビのなかったむかし。テレビの機能を知りつくさなかったむかし。その時代は、処刑の見物はごく一部の人の独占だったのね。のぞき見ができなくて嫉妬《しっと》を抱いた人が、やつ当りで偏見をばらまいたのかもしれないわね。

悪人の自滅は益じゃないの。事実、この番組がはじまってから、犯罪は大はばにへり、社会はずっと平和になった。なぜ、もっと早く気がつかなかったのかしら。名案というものは、平凡すぎてなかなか発見されにくいものかもしれない。

これですぐ悪が根絶されるとは思えないけど、休まずにつづけていれば、いずれは神の国がこの地上に築けるとの希望もある……。

回想にひたっているうちに、コマーシャルが終りかけた。あたしは椅子にすわりなおし、身を乗り出した。

ここで先週はひどい目にあっちゃったわ。ちょうどこの時、訪問者があった。となりの部屋の住人の、中年の婦人が入ってきたのだ。

「あたしのとこのテレビが、急に故障しちゃったの。お願い。見せてちょうだい」

と言う。その気持ちはわかり、あたしは入れてあげたけど、おかげでさんざん迷惑を受けてしまった。こんどの囚人はどうのこうのと、批評家きどりで、べちゃくちゃおしゃべりのしどおし。気が散ってしようがない。あたしは少し腹を立てた。

「あたしが処刑されるときは、お気に召すようにやってあげるわ」

と皮肉を言ってやったけど、通じなかったようだ。

きょうは、そんなことのないように。あたしは静かに眺めるのが好きなほう。だれが来たって、ドアはあけない。

画面はかすかな悲鳴、すすり泣きからはじまった。うすぐらい独房のなかで、囚人があげている。法律省の職員の手によってテレビカメラが操作され、現場からこの中継がなされているのだ。逃亡や自殺などの万一の事故を防ぐため、部外者は入れないことになっているという。

すすり泣きの声は、気持ちがよかった。いま、この時に、にくむべき悪人があわれな声をあげているのだ。あと数分の時間を、むなしくもがきつづけて。

あのかわいそうな犠牲者、ひき殺された老人の魂に見せてあげたい。老人の魂にかわって、まもなくみながうらみを晴らしてあげられるのだ。

独房のなかで、青年はぐったりしていた。声がかれたのか、すすり泣きの声もやんだ。牧師がやってきて、そばでなにか話しかけた。しかし、それは青年の耳には入らないようだ。ただ呆然《ぼうぜん》とうなずくだけ。

かわって所長があらわれた。身だしなみがよく、いつも微笑をたやさない。彼はやさしく青年に聞いた。

「処刑の方法に、なにか希望があるかね。あったら申し出なさい。きみの権利だ」

青年の口は動いたが、声にはならない。所長は何度も聞きかえしたが、結局わからなかった。

「はっきり答えないと、電気椅子を使うことになっている。いいな」

ごく時たま、希望によってガス室や絞首刑のおこなわれることがある。銃殺やギロチンももっとやればいいのに。みなが期待しているのだが、これだけはどうしようもない。選択の権利など囚人から取りあげ、番組編成は大衆の好みにあわせるべきよ。そのうち、そうなるにちがいないわ。

青年には力が残っていないらしく、立てなかった。悪事をした時の、勢いのよさはどうしたのよ。二人の看守が両側からかかえあげた。うしろには銃をかまえた看守がつづき、電気椅子の部屋へとむかった。

ひきずられるように運ばれる青年の顔を、カメラがうつしだす。解説者の話だと、この時にはもはや思考が停止しているのだそうだ。まったくの無表情。最後のひとあがきという光景は、いままでほとんど見たことがない。大あばれのあった時は、なんとなく八百長くさく、そらぞらしかった。

青年の足は床をこすり、かすれた音をたてていた。こんな無言の教訓はない。かつての一時期、家庭でも学校でも、企業でもテレビでも完全に放棄してしまった道徳教育が、いま確実にここで効果をあげている。犯罪は引きあわない。悪事のはてのみじめさを、説明抜きで実感させる方法が、ほかにあるかしら。

きしんだような音とともに、扉《とびら》が開かれた。普通なら油をさすのだろうが、あのちょうつがいにはさびさせる薬品が時どきぬられてるのかもしれないわね。そのなかには、これまで何回見たかわからないが、いつ見ても魅力的な電気椅子がある。悪をひねりつぶす正義の掌《て》。

扉の音のためか、椅子を見たためか、囚人は少しもがいた。しかし、体格のいい看守にかなうわけがない。まず胴と頭が、つづいて両手と両足が、椅子の金具でしばりつけられた。きびきびした動作の感じのいい看守だ。ハンサムな職員が選ばれてなっているのかもしれない。

さらに、囚人の頭に黒い布がかぶせられた。布をかぶせるなとの視聴者の要求があるが、法律省は、それは残酷だと許可しない。なぜ残酷なのかしら。けち。残酷とは善良な人を殺す、悪人の行為のことじゃないの。

すべての用意が完了し、所長はテレビカメラにむかい、手をあげて合図した。それを受け、放送局の司会のアナウンサーが、視聴者に呼びかけた。

「みなさん。いよいよはじまりです。電話をお願いします。いつもご説明していることですが、かかってきた電話の数が百に達すると、自動的にスイッチが入ります。本日の電話の代表番号は……」

あたしは部屋のなかを見まわした。きょうは、あいにくと電話機がはなれている。

めんどくさいから、やめとくわ。少し良心がとがめた。悪を葬る行為に参加しないのは、本当はいけないのだ。だれかがやってくれるだろうとの精神が、いちばんいけないのだ。

もっとも、ほとんどの人が進んで電話をかける。この電話は無料なのだし、そうしたほうがずっと楽しいのだから。

番号が告げられてからスイッチが入るまで、十秒とかからない。椅子のそばに赤いランプがともり、しばられた青年を高圧の電流がおそった。悪をにくむ、善良な大衆の怒りの津波。

それを受け、囚人のからだは激しくふるえ、硬直した。しばりつけられていなかったら、天井まで飛びあがったかもしれない。そうすればいいのに。ひき逃げされた老人は、十メートルも飛ばされたのよ。

電流はさらに一回、五秒後に自動的に囚人に流れた。また少しふるえた。さっきのだけでは、死ななかったのかしら。なんだかうめき声がしたようだった。

あたしのからだは、興奮のため、血があわだって流れを早めたようだ。ぞくぞくする刺激。閃光《せんこう》と闇《やみ》の交錯する、自分が生きているとの強烈な実感。とめどなく涙の出る正義の勝利。理想の社会へとふみしめる確実な一段。ああ……。

電流はあと一回、念のために流される。囚人の手の色が変り、黒い布を通して顔のあたりから煙がたちのぼりはじめた。

画面のはじに脳波測定機が出た。曲線は描かれていない。完全な死を証明している。電流のおそう瞬間の脳波を見物することはできないものかしら。荒れ狂う波のようかもしれない。落雷の電光のような激動かもしれない。でも、それは不可能なことだそうだ。高圧電流で脳波計がこわれてしまうらしい。

脳波のなめらかな直線。悪の滅びたあとにふさわしく、まっすぐだった。電流が悪を押し出したため、嵐《あらし》のあとのように静かで平和だ。

アナウンサーがなにかしゃべり、またコマーシャルがはじまった。このコマーシャルはだれも聞かない。あたしもスイッチを切った。

机の上の酒は、いつのまにかずいぶんへっていた。興奮と酔いとで、あたしの顔はほてっていた。あたしは立って部屋を横ぎり、窓をあけた。つめたい風が快い。目をつぶって深呼吸をした。しらないまにグラスを重ねすぎたためか、からだがふらふらした。

なにかにぶつかったのを感じ、目をあけると、花びんが倒れ、窓のそとへ落ちていった。なにかの手ちがいが最も起りやすい時間だ。階段をふみちがえてころんだり、お湯に気づかずやけどしたりする人が多い。死んだ囚人のたたりだという人もあるが、あたしはそんなことを信じない。激しい満足と解放感のあとに訪れる疲れのせいにきまっている。それを知らなかったわけじゃないけど、やはりうっかりしていた。

「あら……」

あたしは声をあげ、目でそのあとを追った。花びんが惜しかったせいだが、それどころでない事態が、つづいておこった。

へんな音が、かすかに下から響いてきた。見下すと道に人が倒れている。落ちた花びんがぶつかったのかもしれない。事故とはいうものの、大変なことになってしまった。あたしは部屋を出て、エレベーターで下へおり、あわてて道へ出た。

通行人が助けおこしていた。あきらかに死んでいた。女の人だった。事故の処理のわずらわしさ、請求される補償金のことを考えると、からだじゅうの力が抜けてゆく思いがした。

しかし、ふとその女の顔をのぞきこんだ時、あたしの心は氷結した。知っている顔、呪《のろ》わしい女の顔だった。

あたしは恋をしていた。ある既婚の男に恋をしていた。仕事のつきあいで知ったのだけど、どうしても別れられなくなってしまった。彼もそうなのだが、妻が離婚を承知しないという。あたしは奥さんが死ねばいいと思い、親しい友だちにもそう話したことがあった。心の底からそう思った。

いま死んでいるのは、その奥さんだった。祈りが実現したわけだけど、こんな形でもたらされるとは……。

あたしが呪いつづけた顔。しかし、その死顔《しにがお》はあたしにむかって呪っているようだ。それはあたしに考えさせた。言いのがれのできない殺人だと。見知らぬ人なら事故ですむけれど、この場合は……。

証人はたくさんでてくる。もしかしたら、この人の夫まで証言するかもしれない。悪をにくむことが万事に優先する世の中なのだ。親しい友人も、あたしの殺意を証言するだろう。先週あたしの部屋に来たとなりの婦人も「そういえば、処刑される覚悟をちらつかせていました」などと言うだろう。

それに反し、あたしには殺意や計画のなかったことの立証の方法がないのだ。散っている花びんの破片には、あたしの指紋がたくさんついているはずだ。人びとは犯罪に敏感になっているから、警察が来るまで、破片などをいじったりしない。

どうしよう。あたしには三パーセントの可能性に賭《か》ける以外に思いつかなかった。

逃げること。あくまで逃げてみること。だが、部屋へ戻って荷物をまとめているひまはない。つかまりに戻るようなものだ。たとえつかまらなくても、荷物を持って出ると、こんな際には人目をひくばかりだ。

あたしはふえてきた人ごみにまぎれ、その場をはなれた。だけど、どこへも行くあてはない。

逃亡がこんなにむずかしいものとは思わなかった。逃げる先がなく、金を借りるあてもない。そして、あたしはなにも持っていない。化粧品さえ持っていない。

すでにニュースにのっているだろう。むかしとちがって、周囲のすべては善に積極的な市民ばかり。無関心でいてくれる人はいない。悪をにくんで手をにぎりあった人たちの輪が、あたしをしめあげる。

猛獣のむれの草原を歩くようだ。いたるところにひそむ目、耳、嗅覚《きゅうかく》。あたしは立ちどまることもできない。かけ出すこともできない。残飯をうらやましそうに眺めることもできない。

疲れた頭とともに、あたしは夜の町を歩いた。さっき処刑のために、電話をかけなかったことのむくいかもしれないわ。そんなことを考えながら、ぼんやりと歩きつづけ、気がついてみたら公園に入っていた。

夜の公園に女がひとり。むかしだったら危険で考えられなかったことだ。それがいまではきわめて安全。なんだか、とても皮肉に思えた。

ベンチに腰をおろしていると、眠くなってきた。乱暴な男が飛びかかってきて、あたしを殺してくれればいいんだけど、そんなことはありえない。

だれかが肩をたたいた。ふりむくと警官だった。

あとはテレビでよく知っている道すじ。川に落ちた花びらのように、抵抗もできず、ただ流されるばかり。

弁護士はよくやってくれたけど、偶然の事故を証明し、陪審員になっとくさせることはできなかった。

法廷。顔にあたるライト。裁判長の声。

「殺人とみとめ、死刑を宣告する……」

鳴らすまいとしても歯が鳴り、平静をよそおうとしても、心臓は勝手に波うった。あたしもベルトコンベアーの上に乗せられてしまったんだわ。行きつく地点がきめられ、そう遠くないところへ運ばれてゆく……。

やがて、あたしは刑務所の独房へと移された。だれもがテレビでよく知っている道。

だが、この道は戻ることができない。時間という目に見えぬ力に押され、歩きつづける。いつもは他人だが、こんどはあたし。夜になると、押えようとしても、すすり泣きが口から出てしまう。

つぎの朝になると、所長がやってきてあたしに言った。テレビでおなじみの微笑を忘れぬ顔だ。

「よくいらっしゃいました。このところ犯罪がへって、たねぎれ寸前、困っていたところです。番組に穴があき、放送の収益があがらなくなると、法律省も機構の縮小に追いこまれてしまいます。番組が廃止になりでもしたら、犠牲をささげてもらえなくなった神が怒るように、一挙に犯罪がふえることでしょう。だからといって、無実の人をでっちあげで処刑するわけにもいかず、はらはらしていました。そんな時、あなたがいらっしゃった。しかも、若く美しい女性です。さぞ効果的でしょう。天の助けかも……」

うれしげな口調でつづける。あたしは声が出なかった。所長は勝手に先をしゃべった。

「……いまうかがっておきますが、どんな処刑をお望みですか」

あたしはやっと答えた。無意味とはわかっていても、言わずにはいられない。

「なぜ、そんなことお聞きになるの。死にたくないわ、だれだってそうでしょう。できるものなら、寿命がつきて死にたいわ」

「では、そういうことにいたしましょう」

しばらくは、その内容がわからなかった。

「死なないでいいっておっしゃるの……」

「そうですよ。もっとも、釈放というわけではありませんがね。ある程度の生活は保障してあげます。しかし、働いてもらわなければなりません。死刑囚そっくりの人形を作る作業です。テレビにうつして絶対に見破られないものをですよ。あなたは美容関係の仕事をなさっていた。その才能が生かせるとありがたいんですがね」

「なんですって。すると、テレビで放送されていた処刑は、みな人形だったのね」

「そうですよ。そうでなかったら、ああみごとにはできません。作りものだからこそ、ああ迫力があるのです」

「処刑前のすすり泣きはどうするの」

「昨夜、あなたのを録音しておきました。あなたの人形の処刑は、なんとかギロチンでやってみたい。刃がうなりを立てて落下し、首が飛び、血がふきあがる。スポンサーに増額の要求ができるんですがね」

あたしは腹が立ってきた。

「ごまかしだったのね。社会みんなをだましていたというわけね」

「それがどうしていけないんです」

所長は言った。どうしていけない。でも、なにかふつごうがあるはずだわ。あたしは自分の知識をいろいろと組合せてみたが、それに反論する理屈は見つけられなかった。

「だけど……」

「お望みでしたら、本当に処刑してさしあげてもいいんですよ。いままでに三人ほどありました。一種の精神異常なんでしょうな。しかし、よけいなことをしゃべられると困るので、意味のある言葉が言えないよう、まず声帯をつぶしてからですが……」

ちょっと思い当った。テレビで処刑前にあばれたり、わめいたりした囚人を見たことを。あれがそうだったのかもしれない。子供は喜ぶかもしれないが、なんだかわざとらしく、本当かどうか疑問に思ったものだった。

いくらごまかしでも、あたしは生きるほうを選んだ。社会と隔絶した生活だが、そう悪いものではない。人形つくりの作業のほかは、のんびりとしたものだった。男の囚人が多いので、あたしはちやほやされた。それにはもちろん限界はあるけれども。

また、将来に希望がないわけでもない。完全な記憶喪失薬が開発されたら、顔を整形した上で釈放される可能性が大いにあるという。記憶を失うって、どんな気分なのかしら。作りものの面白さをみとめる感情も消えてしまうのかしら。

囚人生活といっても、テレビを見ることも許されていた。だけど、あたしは自分が処刑される番組だけは見る気になれなかった。

老人と孫

部屋のなかで、老人とそのひざの上にのっかった幼い女の子とが、テレビを眺めていた。画面では拳銃《けんじゅう》のうちあいが展開されていた。そのうち、ギャングのひとりが死ぬ。女の子が言った。

「あら、あのひと死んだわ。あれ、悪いほうなんでしょ」

「そうだよ。おまえはかしこい子だ。死ぬのはいつも、悪いほうなんだよ」

と老人が答える。女の子は彼の孫娘なのだ。老人のむすこ夫婦、すなわちこの女の子の両親は、ともかせぎで働いている。そのため、平日の午後はこのように二人ですごすのが普通だった。

老人はむすこ夫婦のつとめ先を知らなかった。最初のうちは紙に書いてもらったりし、覚えるようにつとめたものだが、よく職が変るし、新しいつとめ先の社名が発音しにくい外国語風だったりし、いつしか覚える気にもならなくなった。正確に知っていたからといって、どうということもないのだ。

老人と孫娘とは仲がよかった。いや、仲がいいというより、二人とも共通してテレビが大好きだったというべきだろう。

老人とひざの上の女の子とは、テレビを眺めつづける。退屈もなく、雑念もなく、おだやかな瞬間が現れては去り、現れては去る。二人にとってテレビこそ人生であり、社会であり、宇宙であった。

テレビの前面のガラス。そのむこうにひとつの宇宙があるが、それと対応してこちらにもひとつの宇宙が存在する。どちらが実像でどちらが虚像か。二人にとって、そんなこともどうでもいいことだった。

画面には品のある年配の男性があらわれ、コマーシャルをしゃべった。

〈中年すぎの老化防止剤には、ききめで評判の……〉

老人にとっては、いまさらという感じだった。女の子にとっては、そんなことは当分さきのことだった。しかし、その無縁な画面を、二人は楽しげに眺めていた。無縁だからこそ楽しいのかもしれない。また、この部屋のなかに、それ以上に楽しいものはなにもなかったのだ。

番組は漫画映画になった。奇声を発しながら、小さなネズミがゾウを追っかけまわしている。

「おもしろいわねえ……」

女の子はうきうきした声で言い、目を輝かした。彼女にとっては、なんでも新知識であり、なんでも楽しいのだ。ネズミがゾウより強いという自然界の法則を知り、うれしく感じたのだろう。

「おもしろいな」

老人はあいづちを打った。だが内心では、ゾウがネズミをやっつけたらもっと面白いだろうに、と考えていた。老人は思いついたように言う。

「ビスケットでも食べるかい」

「いらない」

「じゃあ、ジュースでも飲むかい」

「いらない……」

「ほんとに、おまえはテレビが好きだね。食べ物や飲み物より、テレビを見ているほうが好きだ……」

だからこそ、この老人にも女の子の相手ができるのだった。テレビのない昔のような時代だったらどうだろう。マリをついてみせたり、お馬になってやったり、絵をかいてみせたりで、とても自分にはつとまらないだろうな。老人はそう思い、心のなかでテレビの発明者に感謝した。

それに、家のそとは危いのだ。車をはじめ、危険がいっぱいある。老人と子供とでは、公園までたどりつけるかどうかもわからない。テレビを見ていれば、いやな目にあうことなど、決して起らないのだ。

〈きらめく恋の雨だれが、あたしの心にふりそそぐ……〉

画面では女性歌手が歌っていた。

「おもしろいわねえ……」

女の子が言った。彼女は恋のなんたるかをまだ知らない。だからこそ面白いのだ。あるいは、無理に深刻さをよそおった表情に、面白さを発見したのかもしれない。

「おもしろいね……」

老人も言った。歌詞のあやしげなところに面白さを感じたのかもしれないし、この得意そうな女性歌手の上にも、やがては老年がおそいかかるのかと思い、たまらなく面白さを感じたのかもしれない。

その時、文字が画面を横ぎっていった。

〈ニュース速報。有数の大企業のひとつ、G産業が不渡りを出しました……〉

老人が低い声でそれを読むと、女の子が聞いた。

「おじいちゃん、いまなんていったの」

「どこかの会社がつぶれたそうだよ」

「どこでつぶれたの、あたし気がつかなかったわ。つぶれたのは悪いほうなんでしょ……」

女の子は画面を見つめなおした。会社なるものを知らず、画面のどこかで形のあるなにかがつぶれたのかと考えたようだ。老人はにこにこしてうなずいた。

「そうだよ。つぶれるのはいつも悪いほうさ。おまえはかしこい子だ……」

画面では歌がつづき、コマーシャルが化粧品の長所についておしゃべりをし、カウボーイたちがうちあいをやった。そのうち、アナウンサーの緊張した声が流れてきた。

〈予定の番組を変更いたしまして、実況中継をお送りいたします。さきほどのG産業の不渡りにより、それとくに関係の深い銀行への取付けさわぎに発展しました……〉

画面は街なかの銀行の前。殺気だった混乱が展開していた。銀行側は閉店時間を理由に扉《とびら》をしめようとする。だが、通帳を振りかざした人びとは、この機をのがしたら預金を失うのではないかとの不安で、なかに入ろうとあせる。入口を舞台に、行員と群衆とが押しあいをしている。

「おもしろいわねえ……」

女の子が言った。おとなたちがこんなに熱心にゲームをやっていることに、面白さを感じているのだ。画面のアナウンサーが言った。

〈政府は大衆の預金については保証すると言明《げんめい》しております。みなさん、ご心配なさらぬよう。軽率な行動は、かえってさわぎを大きくするばかりです……〉

しかし、さわぐなという文句は、さわがないと損をするぞとの意味を含んでいる。画面でのさわぎは大きくなる一方だった。

近所がなにかさわがしい。うわさを耳にし、銀行へかけつけてゆく人びとの声かもしれない。だが、テレビを眺めることの好きな、この部屋の老人と女の子には、その音など耳に入らない。二人には関係のないことだ。だからこそ面白いのだ。

画面は、べつな銀行の前からの中継に切り換えられた。ここはもっと緊迫していた。大ぜいの警官隊が銀行の警備についている。しかし、群衆のうしろのほうから学生の一団があらわれ、石を投げはじめた。

「おもしろいわねえ。もっとどんどん投げればいいのに。大きなロボット、きょうは来ないのかしら。音楽が聞こえないの、なぜなの……」

女の子は、いつもならあるはずの、盛り上るような伴奏音楽のない点に不服を言った。老人はうなずく。

「うん。楽隊の人がまにあわないからだよ」

アナウンサーは「冷静に、冷静に」と絶叫している。老人は、なんとなく変だなと思う。現場から中継し、興奮した声で混乱をあおっておいて、冷静にもないものだ。それなら、はじめから中継などしなければいいのだ。軽率な行為はどっちのほうだ。

老人はまた、あのアナウンサー預金を持っているのだろうか、と考えた。借金ばかりなのかもしれない。そうでなかったら、中継放送など落ち着いてやっていられるわけがない。いや、たくさんの預金があるのかもしれない、とも思う。みなに預金の払戻しをさきにやられてしまうと、自分が損をする。気が気でない。だから、心からの叫びであぁ「冷静に」をくりかえしているのかもしれない。いずれにせよ面白いことだ。

画面では、飛んできた石に当って、警官が倒れた。

「ひとり倒れたわ。あれ悪いほうなんでしょ」

「そうだよ。倒れるのはいつも悪いほうさ」

二人にとっては、うちあうカウボーイや、ゾウを追っかけるネズミと同じことなのだ。手助けのしようもなく、したところでどうなるわけでもない。画面のこちらの宇宙で、むこうの宇宙を熱心に眺め、喜びながらもっと面白くなるように祈る。それがこの二人のなすべきことなのだ。

かっとなった警官が、警棒で学生を二、三人やっつける。打ちどころが悪かったのか、学生たちは動かなくなる。

「いま倒れたの、悪いほうなんでしょ」

「ああ、そうにきまっているさ」

警官と学生が入り乱れて争い、そのすきに群衆が銀行へ押し入った。もはや行員たちの手におえない。しかし、順番の先を争う群衆どうしのごたごたが各所ではじまり、行員たちには奇妙な手持ちぶさたの時間ができた。人びとはあとからあとからとなだれ込み、窓口も机も見えないほどだ。

「おもしろいわねえ。あれ、インジャンなの、ギャングなの、どっち……」

大ぜいで押しよせるのはインディアンのはずだし、銀行へやってくるのはギャング以外にないはずだ。老人は説明する。

「インディアンのギャングさ」

「ふうん……」

女の子はなっとくし、目を輝かす。

銀行の支店長はいち早く職権で金庫室の扉をしめ、どこかへ雲がくれしていた。それと知った群衆は、扉をこわそうとする。しかし、ふりあげた椅子《いす》やハンマーでたたいたぐらいでは、びくともしない。

「ダイナマイト持ってこないなんて、ばかねえ……」

群衆のだれかが、やけを起したのか紙に火をつけた。

「あんな火じゃ、金庫はあかないのに。ばかねえ……」

「インディアンとかギャングとかは、もともとばかなものなんだよ」

銀行のなかの火は、あたりの書類に移って燃えひろがる。外からは依然として押し入ろうとする群衆、火に巻かれたなかの人は逃げ出せず、悲鳴をあげて倒れる。倒れてしまうと、人びとの波の下に消え、二度とあらわれない。テレビカメラの望遠レンズは、そんな光景をもとらえていた。アナウンサーの「冷静に」という狂った声が入る。

「れいせいにって、どんどんやれっていうことなんでしょ。ちゃんとわかるわ」

「おまえはかしこい子だ。いまにもっとすごくなるよ、そうなるといいね」

近所の道をパトカーのサイレンが通りすぎていった。あるいはパトカーではなく、警官たちをたくさん乗せた自動車だったかもしれない。

テレビの中継の場所が変った。こんどは高いビルの上からうつしているらしい。画面にはビルの並んだのがうつり、ところどころで火の手があがっている。

「わあ、火事ね。怪獣がいきを吹きつけたんで、火が燃えたんでしょ」

「そうだとも」

老人は女の子の発言にさからわなかった。めんどくさいではないか。

「たくさん燃えてるのね。悪い人の家なんでしょ」

「そうさ。いい人の家は燃えるわけがないよ」

「コマーシャルやんないのかしらね」

「もうすぐやるだろうよ」

それに応じるかのように、アナウンサーが画面にあらわれて言った。

〈政府はこの非常事態を静めるため、国防軍の出動を指示しました……〉

女の子は老人に聞いた。

「なんのコマーシャルなの。なんにも持ってなかったじゃないの」

「品物を忘れてきちゃったんだってさ」

「へんなコマーシャル……」

戦車の走る轟音《ごうおん》がし、ジェット戦闘機の飛ぶ音がした。それがテレビからの音か、近所での音かはわからなかった。

画面にはとつぜん、ひとりの若い男があらわれた。腕をふりまわし、興奮した表情と興奮した声で言った。

〈みなさん、抵抗しましょう。いまこそ、立ちあがる時です。断固……ここで敗退したら……〉

目をつりあげ、かん高く叫んでいる。

「あのひと、きちがいなの。宇宙人がからだにのりうつったの……」

「さあ、どっちだろうねえ」

画面の男は、なにかむずかしい文句をわめきつづけた。女の子にも老人にも、さっぱりわからなかった。それでも二人は、画面を眺めていた。わめく男の表情はなかなか傑作だった。また、この部屋にはほかに面白いこともなかったのだ。

そのうち、画面にはもうひとり、制服姿の男があらわれた。銃を持っていた。なにか激しく言い争ったあと、銃が火を噴き、若い男はうめきながら倒れた。それを見て、女の子は歓声をあげた。

「ばんざい。あの人、やっぱり悪い宇宙人が化けていたのね」

制服姿の男は、画面にたくさん出てきた。そのうちのひとりが、もっともらしい口調で言った。

〈治安の維持のため、国民の安全の保護のため、われわれがすべての指揮をとること

にしました。みなさんの協力を求めます……危険な分子は断固……〉

　またむずかしい言葉がつづいた。

「なんのコマーシャルなの」

「つぎの番組のお知らせだよ」

　老人は思い出したように孫娘に聞いた。

「ビスケットでも食べるかい」

「ううん、いらない……」

「ジュースでも飲むかい」

「ううん、いらない……」

「おまえはテレビが好きな子だねえ。飲み食いするよりも好きだ……」

　画面にはヘリコプターがあらわれた。ビルの上の空を、何台も何台も飛びまわっている。

「空飛ぶ円盤は出てこないのかしら。それから、いつもの空を飛びまわる強い人はなぜ出てこないの。なにしてんのかしら……」

「きょうはお休みなんだよ、きっと」

「そうね、おうちでテレビみてんのね」

画面のむこうの世界は、はげしさにみちてきた。ヘリコプターは地上をめがけて銃撃を加える。ばたばた倒れる人がふえる。

「おもしろいわねえ。あれ、みんな悪い人たちなんでしょ」

「そうだよ。死ぬのは悪い人たちだけさ」

地上では戦車が走りまわり、時どき砲弾を発射した。ビルに大きな穴があいたりした。白旗を振って出てくる人たちもあった。

「こうさんして出てくるの、ナチス軍っていうんでしょ」

「おまえはよく知ってるね、そんなことを……」

「でも、きょうはまじめにやってないみたい。いつものほうがすごいわ……」

戦争映画にくらべて見劣りのするのは、仕方のないことだった。

いつのまにか夕ぐれになり夜となったが、老人のむすこ夫婦は帰ってこなかった。しかし、この老人と女の子の二人は、べつに気にもしなかった。二人にとっては、テレビのほうがより親しいものなのだ。

むしろ、帰ってこないほうがいいくらいだ。テレビをいつまでも見ていることができる。それに、テレビを見ていれば退屈もしないし、平穏だし、飲食への欲求も起らず、ねむけさえ訪れてこない。いつまでも……。

夜になると画面では、つかまえられた暴徒の指導者の処刑が、実況中継された。見せしめにし、鎮圧するための非常手段なのだろう。彼らは並べられ、銃殺されていった。

「おもしろいわねえ。あれ、みんな悪いやつらよ。ぽこぽこ倒れるわ。ひとり、ふたり、さんにん……」

「おや、おまえは数えることができるんだね。おりこうだ。三人のつぎはなんだい」

「しにん」

「おもしろいことをいう子だよ……」

老人は大笑いし、いとおしげに女の子の頭をなでた。自分はとしよりだ。残された人生を笑いで飾ってどこが悪い。また、この孫娘に事態を正確に説明し、のみこませたところでどうだというのだ。理解させることなどできっこないし、理解させて幼児の心に恐怖の刻印を記《しる》してみてなんのたしになる。

「お歌やらないのかしら……」

「そのうちやるだろうよ」

いさましい行進曲が流れてきた。女の子はそれにあわせて老人のひざの上で軽く飛びはねた。

〈……が、わが国に対して、混乱に乗じ、攻撃をしかけてきました。……この介入は……祖国……断固として……〉

「なんていってるの」

「もっとおもしろくなるってさ……」

「いいわあ。また悪い人がたくさん死ぬんでしょ」

空気をふるわせるうなり声が響き、大きな爆発音がした。地ひびきがし、しばらくしてから爆風があたりをゆすった。

いままで喜んでいた女の子が、激しく泣きだした。悲鳴の嵐《あらし》のように、狂気のように、泣き声をあたりにまきちらした。音に恐怖したのではない。停電によってテレビが消えたからだった。

「よしよし、すぐつけてあげるよ」

あわてることなく、老人は立って電池をさがした。いつだったか、むすこ夫婦の留守中に停電が起ってテレビが消え、孫娘にさんざんてこずったことがあった。その時から電池はいつも用意してある。そのおき場所だけは老人も忘れない。すぐにみつかった。

それにつなぐと、テレビはまた明るさをとりもどした。女の子は泣きやむ。テレビの消えた瞬間に彼女をおそった、たえがたい空腹感、渇《かわ》き、尿意、さびしさ、不安、ねむけ、その他のいまわしい感情はみな、うそのように去っていった。

画面には、望遠レンズでとらえた空中戦がうつっていた。炎をひきながら撃墜される機もある。夜のため、翼のマークまではわからなかった。どちらの機か区別がつかないが、それはどうでもいいことだ。

「おもしろいわねえ。おっこったのは悪いほうの飛行機なんでしょ」

「そうだよ。そうにきまっているんだよ」

むすこ夫婦は依然として帰宅しないまま、朝になった。しかし、朝になったことが、二人にとってどんな意味がある。

この宇宙では、時間も流れてはいないのだ。ずっとテレビの前の世界に没入しきっている二人には、現在という瞬間があるだけ。なにかが画面から消えれば、それは本当に消えてしまうのだ。過去という時間の系列上になにかの意味を持って順序よく並んで残るのでもなければ、記憶のなかになにかの跡をきざみつけるわけでもない。だからこそ、その瞬間瞬間が面白いのだし、だからこそ没入できるのだ。

部屋のなかが少し明るくなっても、女の子は気にしなかった。老人もまた同様だった。テレビの画面さえ明るければ、それが二人にとって昼なのだ。北方の国の夏のように、いつまでもいつまでも昼がつづくのだ。

時どき、きまった会話がくりかえされる。

「ビスケットでも食べるかい」

「いらないわ。テレビがすんでからでいいの……」

老人にとっても、テレビは食欲よりも強い存在だった。自分よりはるかに若い連中が、ぞくぞくと死んでゆく。その見物は、食物を口に入れるよりはるかに面白い。

戦争の放送が何日もつづいた。海、陸、海岸、空などで戦闘が展開された。戦意を高める勇壮な音楽が鳴ったり、そのあいだに敵の残酷さを示す映画がはさまったりした。捕虜の処刑も放送される。そのたびに、いつもの会話がくりかえされるのだ。

「おもしろいわねえ」

「ああ、そうだね」

爆撃によって廃虚となった街もうつった。

「おもしろいわねえ。あれ、べつな星のことでしょ」

「そんなようなものだよ。おまえは利口《りこう》な子だ」

また、いさましい曲が響いたり、武器の並んだのがうつったり、悲壮な口調の演説があったりした。

画面のむこうの世界では、ずいぶん時間が流れたようだ。そのうち、軍服姿の外国人が画面にあらわれ、外国の言葉でなにかをしゃべった。

「おもしろいわねえ。へんな声よ……」

女の子はきゃあきゃあ言った。外国人が外国の言葉でしゃべるのが珍しいのだ。その通訳がなされた。

〈……われわれは進駐し……みなさんのために……悪質な誤れる指導者の責任……〉

老人が女の子に言った。

「もう終りらしいよ」

「いやよテレビがおしまいだなんて……」

女の子がべそをかきかけたので、老人はあわてて打ち消した。

「心配しなくてもいいんだよ。またなにかはじまるさ」

画面では戦犯の裁判があり、それにつづいて処刑がおこなわれた。悪い人たちが、つぎつぎに倒れてゆく。

しかし、処刑がすみかけた時、異変が起った。どこからともなく血みどろの一隊があらわれ、処刑した連中を片っぱしから銃でうち殺したのだ。

「どっちが悪いほうなの。さきに殺されたほうなの、あとで殺されたほうなの」

老人は適切な答えをした。

「つまり、両方ともさ」

「あっかんたちの殺しあいだったのね」

「そうだよ。おまえはかしこい子だ。なんでもわかるんだね」

画面のむこうの世界では、また何日かたった。二人が眺めていると、画面に出てきた人物が叫んだりした。

〈……徹底抗戦の勝利万歳。侵略者をついに撃退し……敵の野望は粉砕され……もはや……デマにまどわされず……〉

また戦闘場面がつづき、人が死に、廃虚がふえる。画面にまたべつな外国の人があらわれ、いつかと同じようなことを言った。

〈……われわれは進駐し……みなさまのために……真の民主的な……平和……〉

もっともらしい演説がつづくと、そのあと戦闘があり、やがてべつな人が出てもっともらしい演説となる。

「ビスケットでも食べるかい」

「いらないわ。テレビがすんでからにするわ……」

そのうち、いろいろな国の人が、いっしょに画面にあらわれて言った。

〈……平和は完全に回復しました。……戦いは終りです。もはや二度と……〉

「おわりとか言ってたようよ」

女の子は聞きとがめ、心細げに言った。老人はなぐさめる。

「終りはしないよ。世の中に終りなんてないんだよ」

いやに明るい音楽が流れる。

〈みなさまのお飲みもの……〉

とテレビが言った。

「わあコマーシャルだわ。おもしろいわねえ……」

女の子がはしゃいだ。カウボーイがうちあいをはじめ、ギャングがあばれ、武士が切りあい、脱獄囚が逃げまわり、スパイが活躍し、悪漢たちは例によって死んでゆく……。

キリンとヘビとを一組にした漫画映画がはじまり、ロマンチックな曲が流れたかと思うと、テンポの早い歌にもなったり。

「おもしろいわねえ……」

女の子が食い入るように見つめながら言う。老人だって同じだった。この部屋のなかには、ほかに面白いことはなにひとつないのだ。そとには危険なことがいっぱいあるが、ここにいる限り、いつまでも無事なのだ。死ぬことだってない。テレビの神だって、このように信仰心のあつい二人を、見殺しにはしない。なぜなら、二人は絶対に悪いほうの人間ではないのだから。

「ビスケットでも食べるかい」

「いらないわ。あとにする」

「おまえはなによりもテレビが好きなんだねえ……」

テレビシート加工

〈おめざめの、お時間ですよ……〉

めざまし時計の録音による女の声が、ベッドで眠っているエヌ氏の耳にささやいた。その声は大きくなりながら三回くりかえされ、エヌ氏が起きないでいると、つぎにベッドがゆれはじめた。

「おれは起きたぞ」

エヌ氏がつぶやくと、時計は一連の動きをとめた。

彼は目を開いて天井を眺める。青い色の天井だ。その青さのなかを、三羽のまっ白なツルがゆっくり舞っている。ツルは四角な空を、はじからはじへと同じ羽ばたきをくりかえしながら飛びつづけている。

エヌ氏は横になり、こんどは壁を眺めた。壁の一つは花園だ。夏の花々がいちめんに咲きほこり、風にゆれている。その花の上を、たくさんのチョウが飛びまわっている。

彼はもうひとつの壁を眺める。そこは桜の花だ。そよ風に乗って、うすもも色の花びらが散りつづけている。ひらひら、ひらひらと限りなく散りつづけるのだ。この壁

紙をはりかえない限り、花びらはいつまでも散りつづける。

どのような製品でも、この世に出現したとたん、進化と普及という道を歩みはじめるのが宿命だ。テレビがそうであり、しかも、その勢いはめざましかった。

電子工学の技術は、テレビのブラウン管の厚さをどんどん薄くした。それが目標となり競争となると、企業は開発に必死となる。そのあげく、ついに厚さのないテレビを出現させた。正確にいえば、紙よりもちょっと厚い程度にまでなったのだ。一般にテレビシートと称されている。

その一方、大量生産で価格もさがり、ありとあらゆる分野に普及した。すなわち、この壁がそうなのだし、天井にはってあるのもそうなのだ。

エヌ氏はツルの舞うのを眺め、チョウの飛ぶのや花の散るのを眺めた。べつにあらためて感想もない。毎日ずっと見つづけていることなのだ。もちろん、この壁をはった当座はいいなと思ったが、そういつまでも感激がつづくものではない。

彼はベッドからおりた。床にはカーペットが敷いてある。これもやはりテレビシート加工なのだ。

その上にあらわれる図柄は、砂浜の波うちぎわ。窓のある側の一辺から、白い波があらわれ、部屋の床を横ぎってゆく。小さな貝がらがゆれながら動く。そして、波はふたたび引いてゆくのだ。このくりかえしがずっとつづく。テレビシート加工のものは、図柄をいつまでも変化させつづけるわけにいかない。オルゴールの曲とほぼ同じようなしかけなのだ。

しかし、このカーペットには音声部分もしこまれていて、よせてはかえす波の音を、ごくかすかに発している。音を出そうが出すまいが、たいしたちがいはないのだが、眠りに入る時にはあったほうがいい。完全に静かなのより、波の音のしていたほうがいいのだ。

エヌ氏はベッドからおり、この上を歩いて窓ぎわにゆく。カーペットを買いたての時には足がぬれているのじゃないかとの錯覚《さっかく》におちいることもあったが、もはやなれてなんとも思わない。

彼は海底のもようのカーテンを引いた。やはりテレビシート加工。青っぽい色で、海草のゆれるなかを、色とりどりの魚のむれが泳いでいるものだ。魚たちは一端に消えると、まわりどうろうのように、また他端からあらわれて泳ぎながら横ぎってゆく。

エヌ氏の住居は高層アパートの三十階。窓からとなりの、同じような高層アパートが見える。そのビルの外側もテレビシート加工となっているのだ。

それは幾何学的な簡単な図柄だ。白地に青い水玉もようだが、それがそれぞれ大きくふくらんだり、小さくなったりをくりかえしている。

むこうのアパートの住人がこっちの建物を見ると、うす赤と銀色のしまもようの動きつづけているのを目にするだろう。だれも見なれ、とくに美しいとも感じなくなっているが、むかしのうす茶色一色のころにくらべれば、どんなにいいかわからない。それに、この一帯には同じようなアパートが並んでいるのだが、外側がテレビシート加工されてから、訪問者が建物をまちがえたりしなくなった。


エヌ氏はダイニングキッチンに行った。起きてすぐつめたい牛乳を飲むのが、彼の習慣となっていた。

冷蔵庫の扉《とびら》もテレビシートばりになっている。ここのは童話的な図柄だ。ピエロが飛びはね、木馬がまわり、象が玉乗りをやっている。これは実写でなくアニメーションで、楽しげにいつまでもくりかえされている。

冷蔵庫の扉をあける。なかから、さまざまな音や声が飛び出してきた。食品類のラベルとしてはってあるテレビシートが、それぞれなにかを歌っているからだ。

テレビシートの時代に入ってから、スーパーマーケットはにぎやかになった。たとえば、ミカンのかんづめの並んでいる棚《たな》では、目鼻のついたミカンの絵のラベルがい

っせいに動いて、

〈この新鮮なミカンの味を……〉

と、コマーシャルソングの合唱をやっている。ちょっとした壮観だ。魚のかんづめ売場の棚では、ラベルの魚たちが、

〈あたしを食べて……〉

と声をあわせて叫んでいる。どの消費材もそうなのだ。買ってラベルをはがして捨てるまで、それは自己主張をやめない。エヌ氏は冷蔵庫から牛乳ビンを取り出した。そのビンのラベルも歌っている。

〈高原の牧場のさわやかな味を、毎朝……〉

ラベルにはみどりの牧場の絵があり、牛たちがゆっくり動いていた。

エヌ氏はひえたミルクを飲む。ビンのラベルはまだ動き、歌いつづけているが、彼はあきビンを不要容器処理の穴にほうりこんだ。それは壁にあり、穴のふたには、怪獣が大きな口をあけたりとじたりするテレビシートがつけられている。

エヌ氏の朝食はパンだ。動き歌っている袋を破ってパンを出し、皿の上にのせる。皿もやはりテレビシートだ。もっとも、これは音を出さない。抽象的なもようが動いているだけだ。

エヌ氏はコーヒーを入れた。コーヒー茶わんもテレビシート加工だし、スプーンもそうだ。スプーンの表面では、白クマが首をふっている。アラスカの知人からもらった品だ。

それらをのせるテーブルの表面も、もちろんテレビシート。旅行に行った時にみやげ物として買ってきたシートを、はりつけたものだ。南海の島々を飛行機から眺めた図柄だ。青い海、島々に寄せる白い波、ヤシの木が風でゆれている。その光景は、五分間の周期でくりかえされている。彼はそれを見ながら朝食をとり、

「また行きたくなったな」

とつぶやいた。食事が終ると、タバコを一服する。タバコの箱もテレビシートだ。星の形のもようが、箱のまわりを回転している。はじのほうで小さく〈タバコは健康によくありません〉という字が動いている。

エヌ氏は椅子《いす》のボタンを押した。その椅子も、押したボタンも、どれもこれもテレビシートばりであることは、いうまでもない。ボタンが押されたため、天井から大きなテレビスクリーンがさがってきた。むかしのいわゆるテレビで、放送局から送られてくる映像がうつる。

ニュースの時間だが、べつにたいした事件はなかった。世の中は平穏なのだ。テレ

ビシートの普及したためだとの説もある。まわりをたえず動くものでとりかこまれていると、殺伐な気分が押えられ、だれも凶悪なことをしなくなるのだそうだ。

ニュースが終り、コマーシャルがはじまった。

〈浴槽《よくそう》はわが社のものを。内側のテレビシートには、幼児むけのものから、成人男子の趣味にあうものまで、各種とりそろえてございます……〉

エヌ氏はボタンを押し、テレビを消した。スクリーンは天井にもどる。そろそろ出勤の時間だ。洋服ダンスをあけ、服を着る。洋服ダンスの扉も、内側も、すべてテレビシート仕上げだ。服もまたそうだ。彼の服はしまもようで、それが春のカゲロウのごとくゆれつづけているものだ。ネクタイも同様。テレビシート時代になり、食や住とともに、衣もまたバラエティに富んだものとなった。

彼はエレベーターで地下におり、自動車に乗る。車の外側もテレビシート。たくさんのカモメが飛んでいる図柄だ。彼はそれに乗りこむ。

座席もテレビシートだし、その上にのっているスポーツ雑誌の表紙もそうだ。走りつづけるマラソン選手の姿がそこにある。

エヌ氏は車のスイッチを入れる。自動運転装置が作動し、つとめ先まで運んでくれるのだ。車は道路を進む。その路面もまた、動きつづけるテレビシート加工だ。自分で運転する時代だったら、気が散って危険だが、いまならなんの心配もない。

しかし、見なれた通勤の道で、彼はスポーツ雑誌をのぞくほうを選んだ。なんということもなくページをめくっていると、うしろのほうでパトカーの警笛《けいてき》がした。パトカーは外側に白いオオカミのテレビシート加工をした車だ。

エヌ氏は車のスイッチを切り、停車して待つ。追いついたパトカーから、警官がおりてきてエヌ氏に注意する。

「おまえの車は規則違反だ」

「はあ、どうかしましたか」

「外側のテレビシートの図柄が動かなくなっている。これは見苦しく、規則違反だ。他人にいやな感じを与えるではないか」

「気がつきませんでした。乗る時は、ちゃんと動いていたのですが。テレビシートが古くなったためでしょう。さっそくはりかえます」

「いずれにせよ、持ち主の不注意だ。罰を加えなければならない。署まで来てくれ」

「やれやれ……」

エヌ氏はうんざりした表情になった。この罰ぐらいいやなものはない。三十分ほどですむのだが、留置場ですごさなければならない。留置場の内部たるや、上下左右がただのコンクリートの壁。ただの服を着せられ、そこに入れさせられるのだ。

　つまり、なにひとつ動く画面のない場所なのだ。なにか不安で、さびしい孤独感が迫ってくる。おそらく数時間も入れられたら、ひや汗が出てからだがふるえだし、頭がおかしくなるのではないかと思う。しかし、仕方ない。静止の罪を反省させ、動きのありがたさを身にしみて感じさせるには、これが一番なのだ。

矛盾の凶器

薄暗い部屋のなかで、電話のベルが鳴りはじめた。その音はベッドの上で眠っていた三郎を、夢の世界から連れ戻した。

彼は二十八歳、特別任務担当の刑事というのが、その身分だった。特にこみいった事件、秘密を要する事件、緊急を要する事件などの場合にかり出され、解決の任を負わされる。その時はたいてい不眠不休の活動になる。なまじっか優秀なばかりに、重《ちょう》宝《ほう》がられてしまうのだ。そのため、いまだに独身だった。こう不規則な生活では、家庭の持ちようがない。

三郎は目をこすりながら身を起し、受話器をとった。夜光時計に目をやると、午前の一時。眠ったばかりなのに、電話で起すとはひどいやつだ。彼は腹をたてながら言った。

「どなたでしょうか……」

「やあ、家にいてくれてよかった。仕事だ」

それは上役の声だった。仕事となると、これは至上命令だ。三郎は眠けを振り払いながら聞いた。

「わたしが乗り出さなければならない事件なのですか」

「ああ、詳細はまだわからないが、きみに担当してもらわなければならぬような印象だ。じつはいま、科学センター・ビルのなかで青原博士の変死体が発見されたという報告があったのだ」

「変死といっても、いろいろありますが、どんな種類ですか」

「むこうで勝手にふしぎがっていて、さっぱり要領をえないのだ。また、青原博士は前々から、変人とのうわさの多かった人物らしい。変の字がひとつだけならまだしも、変人の変死と二つも重なると、これはきみの仕事だ」

「わかりました。さっそく現場へ急行しましょう」

「たのむ。ビルの警備係と協力して、早いところ適切な処置をたのむ」

「はい」

三郎は電話を切り、ベッドからおり、コーヒーをわかし、服を着かえ、拳銃《けんじゅう》をつけた。身じたくが終ると、コーヒーを飲み、車へと乗った。この順序は毎度のことなので、なれている。

車は夜の道路を高速で走り、郊外へとむかった。やがて、闇《やみ》のなかに黒くそびえる大きなビルが、前方に見えてきた。ごくまばらだが、窓にあかりがともっている。

科学センター・ビルは、最近たてられたもので、各分野の科学者が研究をしたり実験をしたりしている。図書館や資料倉庫や食堂などが付属していて、能率の面でも、連絡の面でも、なにかと便利なのだ。

三郎が正面玄関に車をつけると、ビルの警備係長が待っていて、あいさつをした。

「お待ちしていました。わたしがここの警備の責任者です。どうぞ、よろしくお願いします」

「で、どんな事件なのです。学者が変死したということだけしか、聞いていません。殺されたのですか、病死ですか、それとも自殺かなにかで……」

「そこが問題であり、疑問でもあるわけでして……」

「まあ、なにはさておき、現場を見せていただきましょう」

「はい。ご案内いたしましょう。発見した時のままで、手を触れてありません」

係長のあとについて、三郎はビルのなかにはいり、エレベーターに乗った。問題の部屋は二十階だった。

ドアには青原研究室と書かれてある。三郎はそれをあけ、なかをのぞきこんだ。まず目にはいったのは、床に横たわっている青原博士の死体。六十歳ぐらいで、身なりをかまわない性格のため、汚れた実験服姿だった。死顔には苦痛の表情が残っている。

抵抗したためか、本や書類、実験器具や薬品などが散乱している。いくつものびんが床で割れ、アルコールやガソリンのまざったにおいがたちこめている。三郎はなかにはいり、窓をあけて空気を入れかえながら係長に聞いた。

「これを発見した時刻は……」

「十二時半ごろでしょうか。この部屋からの非常ベルが鳴り、わたしたちがかけつけました。内側からカギがかかっていて、ドアがあかないのでたたきこわして入ってみると、このありさまです。博士はすでに絶命していました。そして、ほかには室内にだれもいません」

「自殺ではないようだな。自殺するのに、非常ベルを押す者はないだろう」

「しかし、病死でもないようです。かけつけた救急車の医者の判定では、死因は首を強くしめられたためだとのことです」

たしかに、死体の首にはそのあとが残っていた。三郎はうなずいた。

「なるほど」

「こんな病死はありません。考えられるのは殺人ですが、それには犯人がいなければなりません。犯人はどこへ消えたのでしょう」

「そうせかされたって、即答はできない。それを調べるのが、わたしの仕事だ……」

三郎は腕を組んだ。こうなると、たしかに容易には解決しそうにない事件だ。上役の予感は的中したようだ。

窓は少し開いていたが、二十階の窓から逃走することは、まず不可能だ。部屋の壁には直径二十センチほどの通風口が、すみには直径十センチほどの水の流れ出る口があったが、とても人は通れない。

観察していただけでは、なんの手がかりも得られそうになかった。三郎はべつな方面からとりかかることにし、警備係長に質問した。

「博士をうらんでいた者とか、とくに仲の悪かった者などについて、心あたりは……」

「ありません。なぜなら、博士は変った人物で、ほとんど人づきあいをしない。つまり仲のいいのも悪いのも、その段階に至った人はないのです。だれしもが、とっつきにくい人だとは感じたでしょうが、殺そうとまでは考えないでしょう」

「よほどの変人だったのだな」

「ええ、助手さえも使っていませんでした。研究を盗まれるのを、心配したのでしょう」

「その研究の成果をねらって、とは考えられないか」

「重要な研究かどうか、金になるものかどうか、一切不明なのですから、殺してまでねらう人もないでしょう」

「それもそうだな。家族関係はどうだ」

「博士は研究だけが生きがいで、ひとり暮しでした。いとこが一人いるという話でしたが、ずっと交際はしてなかったようです。また、財産もべつになく、金銭問題とも思えません。女性がからんでいるとも考えられません」

動機関係からの追究も、これでは、まるで手ごたえがなかった。中毒死ならまだしも、首をしめられての死となると、なにか実体のあるものが存在しなければならない。しかし、人物も、首をしめるのに使ったらしい物も見あたらないのだ。

えたいのしれぬぶきみさがただよい、どこからともなくあざ笑いの声が聞こえてくるようだ。三郎は言った。

「わからないが、なにかが起ったことだけはたしかだ。まず、いつまでも置いておくわけにいかないから、死体を片づけよう」

その仕事が終ると、また係長が気になってならない声で言った。

「原因はなんなのでしょう」

「不明だ。地道な調査によって、そのなぞに、迫らなければならない。ところで、博士の研究テーマはなんだったのだ」

「それも知りません。だれにも話さなかったのです。ご本人はきわめて重大な研究だと信じていたようですが、客観的に見たらどうでしょうかね。他人を部屋に入れるようなことも、めったになかったようです」

「それがなんだったかを調べよう」

「しかし、この山のような書類をめくってですか」

「いや、下のほうのは関係ないだろう。上のほうのと床に散っているのを見れば、見当ぐらいつくのではないだろうか」

二人は手わけして、その作業をはじめた。三郎は一枚ずつ目を通していたが、やがて声をあげた。

「うむ。妙なものの図面があったぞ」

「なにが書いてあるのですか」

「狂気処理機に関するメモだ」

「なんですか、それは。電波利用の精神安定装置とでもいった品ですか」

「いや、そんななまやさしいものではない。もっと簡明にして、ぶっそうなものだ。早くいえば、狂人を殺す機械というわけだ」

「しかし、どうやって……」

とメモをのぞきこんで質問する係長に、三郎は指で示しながら説明した。

「この図によると、わかりやすく解説すればロボットの蛇《へび》だ。なかには精巧な装置がしかけられていて、それによって正常な人間と異常な人間とを識別する。そして、異常な人間を発見すると、相手にむかって飛びかかり、首をしめて殺すという働きがあるようだ。どうやら、青原博士はこの製造に熱中していたらしい」

係長はうなずいた。

「やっと、わかりかけてきました。室内に半製品が見あたらない点から考えて、博士は試作品一号を完成したのですな。そして、博士は自分の作ったものに殺されたというわけですね。そうでしょう。そのロボット蛇は始動しはじめたとたん、博士に飛びかかって首をしめてしまった。博士はやはり、変人を通り越して精神異常者だったわけですな。これでなにもかもつじつまがあいました。なるほど……」

係長はしきりに感心していたが、三郎の頭にはなにかひっかかるものがあった。彼はそれがなにかに気づき、口にした。

「その推理はある点では当っているが、ある点ではおかしい。いいか、異常者は自分を異常者だとは思っていない。博士がもし本当に異常者だったとしたら、自分を殺すような機械を作るわけがない」

「あ、そうなりますね。とすると、そのロボット蛇は、正気《しょうき》の者をねらって殺すことになる。これは……」

係長は急におびえ、あたりを見まわした。いまにも、そのへんからロボット蛇が出現し、飛びついてくるのではないかと思ったのだ。しかし、三郎は頭をかしげながら言った。

「そう考えるのもおかしい。完成した蛇が、正気の者をねらう性能を持っていたとする。それだったら、なぜ博士が襲われたか。これも矛盾だ。パラドックスだ」

「そうなりますかね。博士が正気だったら殺されない。狂気であっても……」

係長はつぶやいていたが、やがて論理の一貫しない存在に気づいた。三郎はそのほかの仮定を考えてみた。装置の不備か故障だろうか。だが、研究熱心の博士がそんなまちがいをするとは思えない。死んでもいいから他人を驚かそうとの、覚悟の自殺だろうか。だがありえないことであり、しかも完成した時に、そんな決心をするとは思えない。世界中から、自己を含めた狂気の所有者を一掃したいとの悲願のあらわれだろうか。だが、狂気の持ち主は、自分ではそう思わないものだ。

仮定はゆきづまり、三郎はメモをひっくりかえしながら言った。

「そのかんじんな部分の図があればいいのだが、見あたらない。他人に教えたくないので捨てたのか、最初から書かなかったのか、どっちかだろう。死とともに、なぞを解く鍵《かぎ》は消えてしまった」

「どうしましょう」

「なにしろ、そのロボット蛇が動きはじめ、どこかへ行ったことはたしかだ。窓から出たか、通気口や流しの穴から出たか、どさくさまぎれにドアから出たかのいずれかだ。第二の犠牲者を出さないようにするのが、緊急に必要だ。さあ、ビルの内部にいる者を、みな外へ出せ。また周囲をかためて、外部に通ずる個所を警備員で見張るのだ。蛇を外へ出さないためだ。手おくれかもしれないが、まにあうかもしれぬ。一応やるべきだ。早くだ」

三郎は命令し、警備係長は部下たちに伝えた。全ビル内の非常警報が鳴らされ、徹夜で研究していた学者たちは不服そうだったが、せきたてられながら避難した。やがて、それが完了し、ビルのなかには完全な静寂《せいじゃく》がただよった。その無音にたえられなくなり、係長が言った。

「蛇はまだなかにいるのでしょうか」

「いずれわかる。外へ脱出したのだったら、そとから被害者が出る。なかにいるのだったら、われわれか警備員がやられる。そして、その被害者が狂気か正気かで、蛇の性能についての手がかりが得られる。待ってみるほかはない」

　係長はいやな表情をした。三郎は本部に電話し、いままでの事態を上司に報告した。また、ビルを完全に隔離するための応援を依頼し、やがて警官たちが到着した。彼らは警備員に加わって配置についた。二人ずつ組になっていれば、だれかが蛇に襲われても、もう一人が大声をあげられる。

　だが、応援の人員には限りがあり、ビルを一室ずつしらみつぶしに調べるには不足だった。部屋の数は多く、時間がかかる。さらに、調べずみの部屋に、蛇がどこから侵入してきたら、すべてが水のあわだ。きりがない作業となってしまう。生きている蛇ならば有毒ガスで退治するという法もあるが、ロボット蛇ではどうしようもない。

　そのうち、係長は思いついて提案した。

「こうなったら、根くらべといきますか。いずれ、蛇のほうもエネルギーがなくなるでしょう」

「いや、それはあまり期待しないほうがいい。エネルギーになにを使っているか、わからないからだ。電力かもしれないし、ガソリンかもしれない。コンセントや燃料タンクをみつけたら、自分で補給してしまう性能を持っているかもしれない」

「となったら、燃料になりそうなものをぜんぶ運び出し、電気を止めて待たなくてはなりませんな」

「だが、その場合だって、蛇が動きつづけてくれればの話だ。人影が見つからない時は、冬眠状態で休んでいて、人が現れたら活動するのかもしれない。根《こん》くらべは、むこうのほうが有利だという可能性もあるぞ」

「だめなようですね。ビルの閉鎖を長期間にわたってつづけるのは、とてもできない相談です」

係長は絶望的なため息をついた。三郎も絶望はしなかったが、やはりため息をついた。二人はビルの中の、なるべく広い場所に立ち、緊張をつづけていた。見とおしのいい場所なら、蛇の近づいてくるのを早く気づけるだろうと思ったからだ。

といっても、蛇の性能がわかっていないのだから、安心感は少ない。速度がどれくらいなのか、拳銃でうったらこわれるものなのか、音をたてるものか、色はどんなかなど、なにも判明していない。

せめて、出している電波か音波の波長ぐらいわかっていれば助かるのだが。それを探知器で追うという方法もとれない。

天井裏にはりついて移動できるのかもしれない。大きく跳躍をするかもしれない。

考えはじめると、不安はとめどなくわいてくる。係長をこわがらせないため、三郎は黙っていた。また、自分の頭からも不安を払うよう努めた。気にしていては、任務が果せない。

綱渡りをしているような時間がたっていった。係長はたまりかねて声をあげた。

「なんとかならないんですか。本部からもっと応援は来ないんですか」

「人員ばかりふやしても、どうにもならない。しかし、いちおう電話をかけよう。警戒をたのむ」

三郎は近くの電話で本部を呼んだ。

「こちらは異状なしです。しかし、いつ襲われるかと思うと、気が休まりません。青原研究室で発見した図面のメモは、そちらへ届いたでしょう。なにかわかりましたか」

「わからん。専門家に集ってもらって意見を聞いたが、重要な点は少しもわからない。こっちでも困っている」

「収穫はゼロですか」

「いや、ひとつだけある。ビルの近所では、まだ被害者が発生していない。だから蛇は内部と想像される。警戒をさらに厳重にするよう、応援の人員をふやすことにした」

「それだけでも、いくらか助かります」

電話を切るとまもなく、警官の一隊が到着し、非常線に加わった。しかし、みなの荷が軽くはならなかった。

朝になり、ビルへやってくる人が現れはじめたのだ。これまでは、蛇の脱出だけを注意すればよかった。しかし、こうなると、人びとの入るのを防ぐ仕事をもやらなければならない。

これがまた一苦労だった。事情をみなに知らせることができないからだ。へたに公表すると、大混乱がおこる。変人の科学者の作った殺人用ロボット蛇が逃げたとなると、ただではすまない。しかも、狂気をねらうのか正気をねらうのかも不明だとなると、さらに恐怖心をかきたてる。

うわさがうわさを呼び、本当に頭のおかしくなる者が出ないとも限らない。あげくのはて、暴動も発生しかねない。

しかし、問答無用で人びとを追いかえすのも楽でないし、好奇心をかえって刺激する。警官隊の学問への圧迫とさわぐ者も出たし、新聞記者たちもかけつけてきた。その応接で非常線がおろそかになりかけてきた。

三郎は報告を受け、パトロールカーの拡声器で群衆に話すよう命じ、それがなされた。

〈みなさん、このビルのなかに凶悪犯を追いつめたところです。流れ弾《だま》に当ると危険ですし、警察の行動のじゃまにもなります。もう少しさがってください……〉

ききめはあった。蛇のことに触れなかったが、この際だから仕方ない。ロボット蛇を凶悪犯人と称しても、うそではない。群衆は警戒の物々しさから、爆弾を持った犯人かもしれないとうわさしあった。この程度の誤解ですめばいいほうだ。

三郎は依然としていい案も浮かばず、また本部へ連絡をとってみた。

「そちらでの作戦計画は立ちましたか」

「いや、まだだ。おとりを使っておびき出したらどうだろう」

「しかし、狂気、正気のいずれをねらうのかが、判明していないのですよ」

「その二人を一組にして巡回させたらどうだろう。どっちかをねらって出現する」

「狂気の者をねらってくれればいいでしょうが、正気の者が襲われたら、あとはどうなります」

「それもそうだな。では、狂気一名、正気二名のチームを作ったらどうだろう」

「それでもだめです。蛇退治と狂気の監視とを、一人でやらなくてはならないでしょう」

「となると、もう一人ふやした編成か……」

「無理でしょうね。ロボット蛇にも、なんらかの警戒装置はついているでしょう。そう大人数となると、かくれて出てこないかもしれません」

「どうも弱ったな。ところで、なにか必要な品はないか。すぐに用意する」

「ロボット・ナメクジでも送ってもらいましょうか」

三郎は冗談を言った。冗談でも言わなければ気分がほぐれない。ビルのそとでは、群衆がまたさわいでいた。犯人逮捕とは、どことなく様子がちがっていることを感じたのだ。犯人なら、下水管まで見張ることはないはずだ。それを静めるため、本部から応援隊が増員された。

三郎と警備係長はあせっていた。早くなんとかしたいのだが、事態は最初からほとんど進展していない。

係長はまだしも、三郎は昨夜、一時間ほど眠ったところを起こされ、それに緊張のしつづけだった。時たま部下にコーヒーを運んできてもらい、くりかえして飲んでいた。頭はあまりすっきりせず、考えはからまわりをつづけ、精神を対策樹立《じゅりつ》の一点に集中できなかった。もっとも、一点に集中したら警戒のほうがお留守になる。

いらいらした様子《ようす》を見て、係長が言った。

「これではつづきません。少しお休みになって、気分を転換なさったらどうです」

「うむ。そうしたいのだが……」

「ここはわたしと、ほかのものとで見張ります」

「それはすまない。しばらく眠るとするか。しかし、興奮しているから眠れるかどうか……」

「食堂のほうから、酒を持ってこさせましょう」

三郎は近くの一室にはいることにした。

床の上と物かげとを調べ、蛇のいないことをたしかめた。通風口をふさぎ、窓をしめ、長椅子の上に横になった。ウイスキーのびんが運ばれてきたので、彼はびんからじかに口に流しこんだ。

酔いと疲労のため、三郎はうとうとした。一時間も休めば元気が戻り、いい案も浮かぶだろう。

その時、かすかな物音を聞いたような気がした。目をあけると、そこに蛇がいた。長椅子の内部にひそんでいたのだろうか。机の裏にでもはりついていたのだろうか。そんなことを考える余裕もなかった。床の上で、ガラガラ蛇のように頭をもたげ、三郎をねらっている。

灰色の金属でできていた。小さなテレビカメラらしい目は、ぶきみだった。頭には、しなやかなアンテナがついている。細長い胴も、いいものではない。あれが冷たいムチのように首に巻きつくのかと思うと、呼吸がとまる思いだった。

三郎の酔いは一瞬でさめ、眠けも消えた。だが、拳銃へ手を伸ばすこともできなかった。それをやると、相手は本物の蛇よりも早く、襲いかかってくるだろう。金《かな》しばりにあったようだった。

にらみかえそうとしたが、動物の目でなく、死んだ機械の目なのだ。魂が抜かれてゆくような気分になる。といって、目をそらすこともできない。

頭のアンテナがかすかに震《ふる》え、もたげた首は前後に静かに、ゆっくりと揺れている。これは飛びついてくる前兆なのだろうか。三郎はからだじゅうが凍結してゆくように感じた。

彼の頭の中では、考えがめまぐるしく回転していた。どうしたら助かるのだろう。自分が正気であることを示すのと、狂気をよそおうのと、どっちが安全なのだろうか。それを知りたかったが、手がかりはない。また、わかったところで、自由に変えられないものだ。

なにも考えないことだ。眠ればいいのだろう。眠っているあいだは、正気も狂気もない。しかし、この蛇を前に眠れるものではない。また、このようなこっちの考えを、相手は読みとっているのかもしれぬと思うと、気が狂いそうになった。

狂うまいとすべきか、狂うにまかせるか。極度の緊張のため、彼は気を失いかけた……。

はっと気がついてみると、蛇は目の前から去っていた。どこかで、床をこするかすかな音がする。だが、三郎はそのままの姿勢でいた。へたに動くと、不意に後から飛びつかれるような予感もしたのだ。

視界内にいないため、恐怖はさらに高まった。ついに彼は自制心を失い、ドアに体当りして外に出た。そして、大声をあげた。

「出た……」

それを聞きつけ、警備係長と警官とがかけ寄ってきた。三郎は助かったらしいとの安心感と、いまのショックとで、しばらく口がきけなかった。それをもどかしく感じた二人は、銃をかまえて室内をのぞいた。

「いないようですよ。眠ったとたん、夢でも見たのではありませんか。それとも、幻覚のたぐいでも……」

三郎はやっと自分をとり戻した。

「いや、本当にいた。長さは一メートルちょっと、灰色をしていて……」

と説明しながら、室内を点検した。通風口につめてあったものがはずれていた。よほどの力があるらしい。ここから出入したのだろう。ということは、どの部屋へも出現する可能性がある。

係長は言った。

「ご無事でけっこうでした。蛇のねらうのは、やはり狂気だったということになりますね」

「そこを断言できないのが残念だ。蛇がなぜ見のがしてくれたのか、わからん。恐怖で発狂しかかったためかもしれぬ。気を失いかけたせいとも考えられるし……」

「博士の死についての矛盾は、どうなるのでしょう。こんな仮説はどうでしょうか。博士は正気だったが、始動しはじめたのを見て恐怖で発狂し、それでやられたという説は。見張りをしながら考えたのです。これなら矛盾はないでしょう」

と係長は意見を述べたが、三郎は首をかしげた。

「しかし、博士はロボット蛇の作用を知っていた。動いたのを見て驚いたり恐怖したりはしまい」

「結局、退治法への手がかりはなしですか」

「いや、少しだけあった。射撃する時は、頭をねらうといいと思う。弾丸が貫通するかどうかはわからないが、衝撃によって精密部分が働かなくなるだろう。みなに連絡してくれ」

「それだけですか……」

係長はがっかりしたようだった。蛇をおびき寄せる法は、いぜん雲をつかむ状態にあると知ったためだ。

しかし、三郎は少しちがっていた。さっきの体験と今の会話のなかから、なにかが結晶しはじめたのだ。彼はただちに決心し、係長に言った。

「酒を使って、蛇をもう一回おびきだそうと思う」

「え、本気なのですか。神話の蛇とはちがうのですよ」

「本気だ。しかし、直接に酒で呼び出すのではない。ところで、ここの警備員の中に酒癖の悪いものはないか」

「どうしようというのです。警備中は絶対に酒は禁止なので、わたしはよく知りませんが、酒癖の悪いというううわさの者は、二名ほどいます」

「それを至急に呼んでくれ。うまくゆくかどうかはわからないが、ものはためしだ。

少しの危険はおかしてもやってみよう」

やがて、その二名がやってきた。三郎は彼らに酒をすすめた。

いったんは断わったものの、やはり好きらしい。二人は口をつけ、徐々に量をましていった。

係長はあきれて呆然《ぼうぜん》と眺めていた。しかし、三郎は物かげから、注意深く観察していた。二人は酔いはじめていた。顔を赤らめて朗《ほが》らかにはならず、青ざめて目をつりあげかけてきた。いい酔い方ではない。

通風口にかすかな音がし、蛇が出現した。それを見て呼びかけようとする係長を、三郎は制した。飲みつづける二人は、それに気がつかない。蛇は滑《すべ》るようにはい、二人の前で首をもたげた。

その頭をめがけ、三郎は拳銃を発射した。射撃には自信があり、ありったけの弾丸を撃ちつくした。ロボット蛇の頭は砕け、床の上にのび、動きをとめた。

酔っていた二人は、飛びあがって逃げた。三郎は警官の拳銃を借り、念のためにさらに頭を射撃した。不意の銃声を聞きつけ、みなが集ってきた。そして、危機の去ったことを知り、緊張をといた。

係長はまばたきをつづけながら質問した。

「ついにやりましたね。お見事です。しかし、なぜ酔っぱらいで蛇が出現したんですか。さっぱりわかりません」

「なんとか合理的な説明はつかないかと考え、ひとつの仮定を思いついた。ロボット蛇の性能は、狂気の者をねらうのだと」

「それなら、なぜ青原博士は……」

「これは想像だが、博士は完成を喜び、ひとりで祝杯をあげたのだろう。そして、博士には酒乱の癖があった。酒乱の人は自分で意識しないうちに、人格が一変する。アルコールによって、一時的な精神異常がもたらされていたのだ」

「その時、蛇が任務を果したというわけですね」

「その仮定がおそらく当っているだろうと考えた。また、当っていなくても、やってみて損はない」

「事実、こうして成功したのですから、たぶんそうだったのでしょう。しかし、よかった。これでひと安心です」

ほっと息をつく警備係長に、三郎は言った。

「では、非常線をとき、ビルへの出入を自由にするように伝えてくれ。また新聞記者をここへ呼んでくれ」

「はい」

係長はかけ出していった。記者たちが来るまでの時間、三郎は動かなくなったロボット蛇を見おろしていた。酒乱や異常者によって引き起されている大量の事件、多くの被害者たちのことを思った。この蛇を生かしておいたほうがよかったのでは、とも考えた。

しかし、蛇の頭がこなごなに砕け散り、博士の死んだ今では、もはやどうしようもないのだった。

興信所

電話のベルが鳴った。神経科医のエヌ博士が受話器を耳に当てると、中年の男の声が、こう話しはじめた。言い出しにくそうな調子をおびている。

「わたしはR興信所の社長でございます。当社は紳士録をも発行し、この業界では最も信用を得ております。ところで、先生に折り入ってお願いが……」

博士は、とたんに顔をしかめた。

「だめです。まにあっていますよ」

「いえ、誤解なさらないでください。紳士録をお買いいただきたいというのではございません。べつなことで……」

「べつな話題からはいっても、最後は紳士録を買えとなるわけでしょう。その手には乗りませんよ」

「いえいえ、全然べつなお願いでございます。費用は充分にお払いいたします」

費用の保証と、相手の声の真剣さで、エヌ博士はいちおう聞いてみる気になった。

「では、お話しになってください」

「じつは、わたしの息子のことでございます。このあいだ大学を卒業し、うちの社で仕事を手伝わせております」

「ゆくゆくは、あとをつがせるおつもりですね。けっこうではありませんか。で、どうかなさいましたか」

「それが……」

「ご心配なく。医者として秘密は守ります」

と博士はうながし、相手は先をつづけた。

「思い切って、お話しいたしましょう。夜遊びの癖のあることを知りました」

「なるほど。しかし、あまり気になさることもないでしょう。独身の青年なのですから。もし、どうしてもやめさせたいのでしたら、早く結婚させるとか、こづかいの額を減らすとかなさったら……」

「そのどちらも不可能なので、こうして、先生にご相談しているわけでございます」

と、相手はため息をついた。エヌ博士はまじめな表情になり、メモを引き寄せながら質問をつづけた。

「くわしくお話ししてください。状態がのみこめないと、どうしようもありません」

「息子は七時ごろに夕食を終え、十時ごろに眠ります」

「夜遊びどころか、健全すぎるくらいではありませんか」

「しかし、それからがよくないのです。夜中の一時になると起きあがり、服を着かえます。そして、ものに憑《つ》かれたように外出するのです。呼びとめても、反応がありません。どこへ行くとお思いですか。女の家を訪れるとか、強盗を働いてくれたほうが、まだしもいいとさえ思います」

相手の声は、絶望の感情であふれていた。

「まさか……」

「その、まさかなのですよ。ある晩、気になるので、そっとあとをつけてみました。墓地にはいって行くではありませんか」

博士も驚きはしたが、つとめて冷静な口調で言った。

「それからどうなるのですか」

「低い声で、なにかをしゃべりはじめます。気味が悪いので、内容のわかるほどの近さには寄りませんでしたが、目に見えないなにかを相手に、会話をしているような感じです。それが一時間ほどつづき、それから帰宅、ふたたび眠りにつく。朝になって、それとなく聞いてもみましたが、なにひとつ覚えていないようです」

「そうでしたか。それは、ご心配でしょう」

「心配どころの、さわぎではございません。この夜遊びは、こづかいを減らしても防

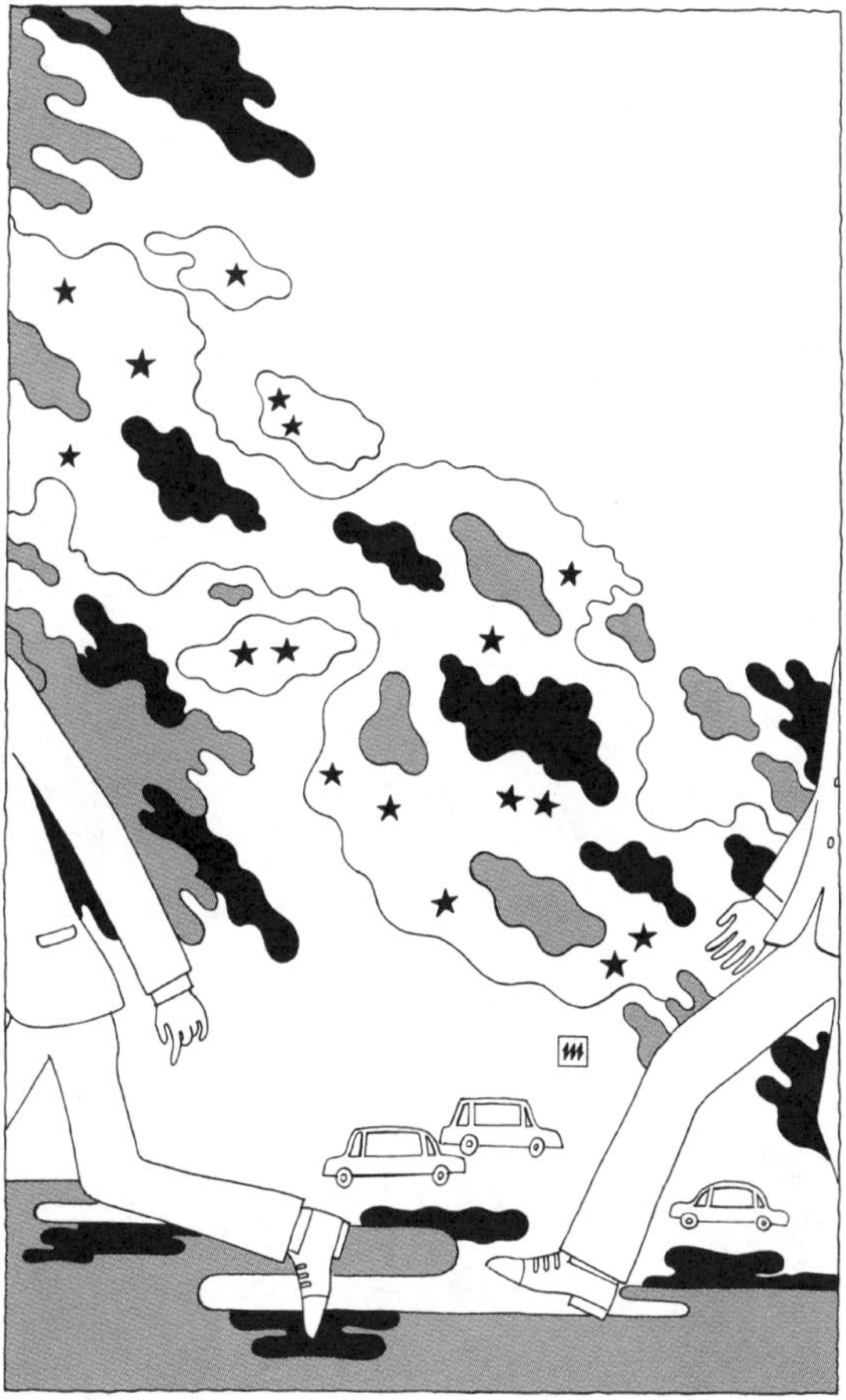

げません。また、結婚させようにも、あとが大変です。すぐにばれるでしょうし、当社に結婚調査をたのみにくるお客が、なくなってしまいます。泣くに泣けない気持ちです。先生、なんとかしていただけないでしょうか。費用やお礼でしたら、いくらでもお払いいたします」

電話のむこうで頭をさげている相手の姿を、ありありと想像することができた。この父親の苦しみを、黙って見すごすのは良心が許さない。また、報酬は望み通りだ。それに、好奇心をも刺激された。エヌ博士は引き受けることにした。

「よろしい。できるだけのことをいたしましょう。さっそく今夜、息子さんのあとをつけ、くわしく病状を観察してみます」

博士は電話を切り、夜になるのを待った。もっとも、ただ待ったのではない。懐中《かいちゅう》電灯と、万一の時に助けを呼ぶための笛と、ウイスキーのびんとを買って用意した。ウイスキーは恐怖をやわらげるためのものだ。

夜の墓場の入口で待ちつづけるというのは、あまりいい気持ちではない。夕方ならまだしも、人通りが絶え、静まりかえった真夜中だ。しかも、曇っていて、星の光すらない。

びんのウイスキーが半分ほど減り、時計の針が一時を過ぎた。闇《やみ》のなかから、足音が近づいてくる。

エヌ博士は、ふるえる手で懐中電灯をさしつけた。黄色い光のなかに、青年の姿が浮かびあがった。これが問題の息子にちがいない。青年は光を受けながらも、まばたきひとつせずに歩きつづける。

なにかにとり憑かれ、あるいは、なにかの力で引き寄せられているといった感じだった。手を伸ばして引きとめても、青年はそれを振り払って進むことだろう。

エヌ博士は青年の動きを妨げず、その原因をつきとめるべく、黙ってあとにつづいた。このさきに、なにが待っているのだろう。

やがて、青年の足音が消えた。墓地の中央あたりに来て、彼が立ちどまったためだった。博士もまた、少し離れたところで足をとめた。空気が一瞬その機能を失い、音を伝えるのをやめたかのようだった。

その空気からにじみ出るように、どこからともなく声がした。

「昨夜おたのみしたことを、どうぞ教えていただきたい」

もちろん、青年の声ではない。としとった男の、かすれた声だった。どことなく、哀願するような響きをともなっている。

エヌ博士は、ぶつかりあう歯のあいだから、残りのウイスキーを一気に飲みこんだ。そして、懐中電灯をあたりにむけて振りまわした。しかし、青年の姿のほかには、立ちならぶ無数の大小さまざまな墓石と、卒塔婆《そとうば》ばかり。

周囲を押しつつんでいる静止と静寂に耐えられなくなり、博士は思わず声をあげ、詰問《きつもん》した。

「なんだ。この青年を、どうしようというのだ」

また、どこからともなく声がした。ひとりでつぶやいている感じだった。

「ふしぎなことだ。変な声が答えている。いったい、どなたです。じゃましないよう、お願いいたします」

エヌ博士は、見えぬ相手に叫んだ。

「そっちが先に答えろ。だれなのだ」

「死者の霊でございます」

博士は自分の耳を、つぎには自分の頭を疑った。だが商売がら、自分の正気なことには確信を持てた。

「死者の霊だと。まあ、それは一応みとめることにしよう。しかし、この青年にどんなうらみがあるのだ」

「うらみなど、とんでもございません。いろいろと、お聞きしたいことがあるのです」

「なにを聞こうというのだ」

「現世のことでございます。死者にとっては、現世に残した自分たちの子孫のことが、心配でならないものです。この気持ちはおわかりでしょう」

「うむ」

「その青年は、質問に対して、つぎの日に答えてくださいます。正確そのものです。わたしにとって、なくてはならない話し相手なのです」

「うむ。それはそうだろう。興信所で働いているのだからな。しかし、気持ちはわかるが、いいかげんでやめてくれ。いくら死者の霊だからといっても、勝手すぎる」

エヌ博士は押しつけるように言った。だが、声は反論した。

「そうでしょうか。そちらの現世のかたも、霊媒《れいばい》を使って、同じようなことをなさっているではありませんか」

「なるほど。とすると、あなたは死者の国における、霊媒とでもいった存在なのだな」

「そういったところでございます。たくさんの依頼主のかたがたに、喜ばれております」

相手の言いぶんにも一理あった。死せる魂たちが、子孫の消息を知ろうとして、この声の主に依頼するのであろう。同情すべき行為でもある。

といって、エヌ博士はここまできて、いまさら任務を放棄するわけにもいかなかった。だが、どう持ちかけたものだろう。しばらく考えたあげく、ここでは相手に逆らわず、議論をさけて、うそをつくのが賢明だろうと判断した。

「わかりました。ごもっともです。しかし、この青年も連日ここに呼び出され、健康がそこなわれています。このままつづけたら、まもなく、あなたがたの仲間入りになってしまいます。わたしは医者の立場から、責任を持って申しあげているのです。このへんで、この青年を解放してあげてください」

こんどは、声のほうがしばらく黙《だま》った。そして、残念そうな口調で答えた。

「いたしかたありません。こんな便利な青年を手放すのは、惜しくてならないのですが、お説に従うことにいたしましょう。適当なかかわりが見つかればいいのですが……」

声は低く、小さくなり、ついにとだえた。青年は自宅へと戻りはじめ、エヌ博士は、ほっとしてそれにつづいた。これで異変は終りをつげることだろう。

三日ほどたち、感謝の言葉とともに、巨額の謝礼が届けられた。再発はしていないとのことだった。なにもかも、万事解決したらしい。


ひと月ほどたち、電話のベルが鳴った。エヌ博士が受話器をとると、

「じつは、R興信所ですが……」

それを聞いて、博士は首をかしげながら言った。

「どうかなさいましたか」

「どうも、お話しにくいことなのですが」

電話の声の主は若かった。社長の声ではない。博士はうながした。

「いったい、なにごとです」

「社長をやっているぼくの父が、このごろ夜になると……」

特殊大量殺人機

1

もしかしたら人類というやつ、殺しの道具を作ることにかけては大変な才能の主なのかもしれない。こんなものをと思いつくと、いつのまにかだれかが、必ず作りあげる。

「やれやれ、やっと完成したぞ。これを陽子振動式・特殊選択的・遠隔作用・大量殺人機と称することにする」

とエフ博士が一台の装置を前にして言うと、助手が首をかしげながら意見をのべた。

「ものものしすぎます。こけおどかしのような語感ですよ」

「いや、それでいいのだ。南方の奥地の魔法使いのあいだに伝わる、のろいによる殺人術。それを高度に機械化したもの、などといったのでは、わかりやすいかもしれないが、安っぽくてしようがない」

エフ博士は中年の男、子供のころから機械類をいじるのが好きだったが、長ずるに及んでその性癖はますますはげしくなった。金持ちだった父が死んで、まとまった遺産が入ると、耽溺《たんでき》とでもいった勢い。使命感とか月給とか、そんなありふれたもののために研究する連中とは、わけがちがう。助手として、頭はいいがいささか単純な甥《おい》を使っている。

しかし、こんな経歴などは、どうでもいい。問題は、できあがったものの性能と応用のほうなのだ。

「さて、これから試運転をやってみようと思う。うまく効果を示してくれるといいが」

こともなげにエフ博士が言ったので、助手は息をのみ、それを言葉としてはき出した。

「ま、待って下さい。わたしも製作のお手伝いをしたので、この装置の性能は知っています。つまり、人殺しの機械じゃありませんか。作る過程では知的興味で熱中しましたが、できてみると、こんな恐ろしいものはないように思えてきました。ここで破壊してしまったほうがいいのでは……」

「なんと平凡なことを言うやつだ。おまえも安易《あんい》な風潮に毒されているな。性的混乱は悪書があるからで、非行少年の傷害事件は刃物があるからで、事故がおこるのは自動車があるからで、戦争の危機は核兵器があるせいだ、といいたいのだろう。人間を物品のどれいと見る思想で、これほど人間不信の考え方はないぞ。わたしは好まん」

博士は言いくるめるのもうまい。助手は目を白黒させながらも抗議した。

「変な理屈だなあ。しかし、いずれにせよ殺人がおこるのです。絶対に許されないことです」

「世の中には、道徳的にも、法律的にも、許されている殺人がある。それをやればいい」

「まさか、そんなことが……」

「うるさい、だまっていろ……」

博士は一枚のパンチカードに、ゆっくりと穴をあけていった。第一回の試運転ともなると、緊張もするし慎重にもなる。まちがえないよう注意をした。

「いや、やはりいけません。やめましょう。それをやると、わたしたちは死神そのものになってしまいます。いやだ……」

悲鳴をあげる助手に、博士はカードを見せながら言った。

「ほら、目標欄《らん》の記入ができた。いまに面白くなるぞ」

「いったい、なんと記入したのですか」

「死刑確定、もはや救済の方法のない囚人だ。これで不意うちをくわせたほうが、正規の手続きをふんで、変に死の恐怖を高めて処刑するより、はるかに人道的かもしれ

ぬ」

「なるほど、そういう対象でしたか」

「文句はあるまい、さあ、やるぞ……」

エフ博士はカードを装置の穴にさしこみ、スイッチを入れた。助手は口をもぐもぐさせるだけだった。

この装置なるものは、高さ三メートルほどの円筒形で、外観はカードの穴とスイッチのほかには、計器が三つあるだけの、あっさりした感じだ。

まもなく作動し、何百万匹ものクマンバチが飛びまわっているような、うなり声を発した。さほど残忍な響きでもないが、恐るべき効果と考えあわせると、ぶきみな気持ちになる。もっとも、この音が人を殺すのではなく、それは、銃声が人を殺すのでないのと同様である。

装置はやがて音をとめ、静かになり、カードを吐き出した。人を切った刀がさやにおさまったような、つめたい感じ……。

博士は言った。

「結果については、すぐ調べようがない。待つ以外にない。今度は乾杯でもするか」

「はい。お祝いする気にはなれませんが、からだがふるえ、酒でも飲まなければ、どうしようもない気持ちです」

2

二日後には、装置の威力が明らかになった。テレビや新聞などが、そろって不可解な事件を伝えたのだ。

各刑務所において、死刑囚がいっせいに死亡したというニュース。原因不明。なにかの陰謀ではないかと、へんに気をまわす人もあったが、その説はすぐに消えた。一国にとどまらず、全世界的な現象だったのだ。死刑囚が死ぬのは当り前だが、こんな場合には大きな話題となる。死刑に抗議しての集団自殺というのも苦しい仮説で、だれにも説明できなかった。

原因を知っている者は、エフ博士と助手ばかり。博士は新聞をくわしく読みながら、うれしそうに言った。

「記事によると、いずれも一時間ほどかかって徐々に元気を失い、ぱったりと死去したと書いてある。予想どおりの死に方だし、しかも、装置が働いた時刻と一致している。成功の証明だ」

「おめでとうございます……」

と助手は言った。さほどおめでたいとも思わないのだが、ほかに言葉も思いつかなかったのだ。

「現在のところ、世の中に死刑囚は存在しない。史上はじめてのことかもしれないぞ。人類の理想のひとつでもあった。おまえの言うように、おめでたいことかもしれない」

「形の上ではそうですが、実質はちがいます。社会には死刑囚以上の悪事をし、巧みに罪をまぬかれて平然としているやつが、たくさんいます。そいつらのことを考えると、正義はどこにあるんだと、胸がむかむかしてなりません」

博士はうなずき、手をたたきながら言う。

「そうだ。そうこなくちゃいかん。その素朴にして純真な大衆の願いをかなえることも、この装置にはできるのだ。カードにパンチを打つ方法を教えるから、こんどは自分でやってみろ」

博士に教わりながら助手は、死刑囚以上に凶悪にして、刑法の罰をまぬかれているという条件をカードに記入した。

すなわち、この装置は特定の個人を殺すものではないのだ。記入したカードを入れると、その条件に該当《がいとう》する人物のすべてを、遠近をとわず一掃してくれるのである。

助手はカードを穴に入れ、正義感のこもった手でスイッチを押した。まもなく、うなり声が高まり……。

そのうち、なにか気がついたようなようすで、助手が博士にささやいた。

「だ、だいじょうぶでしょうか……」

「なんのことだ。装置の動きは正常だ」

「いえ、この装置でわたしたちが死刑囚の一掃をやったでしょう。あの行為は条件にひっかからないんでしょうね」

「ひっかかるかもしれぬ。どんな気分だ」

博士に言われ、助手はふるえ出した。

「そういえば、胸が痛いような、目がかすんできたような、ああ、助けて下さい。こんな殺人機なんか、作るべきじゃなかったんだ」

「そうさわぐな。心配はない。これにやられて死ぬ時には、まず背中がぞっとする。のがれられぬ死の手につかまったような、いやな気分になるのだ。それを感じたら、わたしのほうがさきにあわてているよ。死刑囚を殺したことは、たいした重罪ではないのだろう」

「ほっとしました。驚かさないで下さい」

うなり声は一時間つづき、自動的に装置はとまった。あとはニュースを待つばかり。はたせるかな、大きな反響があった。警察も証拠不充分で手を出せなかった犯罪組織のボスたちが、時を同じくして死亡したのだから。

もっとも、たまたまその時に普通の病気で死亡するという、汚名《おめい》のうたがいをうけ迷惑をこうむった人もあったが、少人数だし、やむをえないことだ。

一般の人は大かっさいをしたが、原因となるとだれにもわからない。こんなことをやってくれる秘密組織のたぐいは、テレビ活劇のなかにしか存在しない。また、かりに実在したとしても、こう手ぎわよくはやれない。

わかりやすい解説は、神の怒りか最後の審判にちがいないという論。そうとしか思えないではないか。うしろぐらい連中はびくびくした。さきに死刑囚、こんどは未逮捕の極悪人《ごくあくにん》と、整理の手が徐々に迫ってくる形だからだ。

あわてて自首する者、教会へかけつけてざんげをする者、恐怖のあまり自殺する者、不浄の財産を社会事業に寄付する者などが続出した。

「ああ、面白い。善さかえ悪ほろぶという光景は、いつ見ても愉快なものですね」

助手は大喜び。装置を作るべきじゃなかったと泣きわめいたことなど、すっかり忘れている。現金なものだ。

「これで当分、凶悪な犯罪はおこらないだろう。科学の成果も正しく使えば、このように世のためになる。いいか、ようするに、使う人間の精神の問題なのだ。このことがいままでおろそかにされていたから、物質優位のおかしな思想が横行《おうこう》したのだ……」

博士もとめどなくしゃべり、とめどなく喜んだ。助手は酒を運んできた。

「大いに乾杯しましょう。飲みながら、つぎの計画をねりましょう。今度はなにに天罰を加えましょうか。ナチの復活をたくらんでいる連中でもねらいましょうか。いや、その前にスリの一掃もいいかもしれません。善良な市民にとって、あんな不愉快なものはありませんよ。げんにわたしも、いつだったか……」

しかし、博士はそれを制した。

「待て。おまえはすぐ調子に乗る。もうこれ以上、わたしは装置を動かすつもりはない。これからさきは、人間に許された行為とは思えないからだ。つまり、装置の使命は終ったことになる」

博士と助手との主張が、以前とは逆になってしまった。助手の軽々しい言動が、博士を冷静にしたのだろう。しかし、こう指摘されればもっともであり、助手は言った。

「はい。考えてみれば、おっしゃる通りです。では、装置を分解して、しまつすることにしましょう」

「そう急ぐな。ここがどうも微妙なところなのだ。わたしは人類のために、さらに新しい分野の装置を開発したいのだが、この製作で金を使いはたしてしまった。少し資金を集めなければならない。それをやってからだ」

3

エフ博士は財界関係者の目ぼしいところに通知を出した。性能をちらつかせ、資金の応援を求めようとしたのだ。相手はいやいやながらでも、要求に応じてくれるだろう。

しかし、期待して当日、会場に出かけてみたが、たいした人数は集っていない。しかも、おえらがたでなく、ひやかし半分のような客ばかり。

博士が要点の説明にとりかかろうとすると、来場者のひとりがさきに言った。

「お話の内容はわかっていますよ。死刑囚を殺し、社会の極悪人をしまつした。これはすべて、わが開発せる装置のためである。ついては研究費の寄付をお願いしたい。

さもないと、こんどは財界人にその目標をつけるかもしれない。とでもおっしゃりたいのでしょう」

「これはふしぎだ。その通りですが、よくご存知で……」

そのとたん会場に笑い声がひろがった。

「新手《あらて》の詐欺のアイデアというものは、最初に試みた者しか成功しませんよ。いまごろのこのこ現れて、みながひっかかると思っているなんて……」

機をみるに敏《びん》な連中が、この未知な現象を利用しひとかせぎしようとして、すでに各社に出没しているらしい。こういうことにかけては、にせ物のほうが本物より頭が働き、実行力もあるもののようだ。博士は腹を立てた。

「とんでもないことだ。そのような不正の横行は許させない。わたしこそ本物。にせ物も悪質だが、だまされるというのも……」

「大声をお出しになることはありません。本物なら、その証拠を示せば、それですむことです。もっとも、むりでしょうがね……」

「なにをおっしゃる。いいですとも。よろしい。お見せします。一週間後にまたここにおいで下さい」

エフ博士は興奮して叫び、研究所へ戻った。怒りつづけながら、カードにパンチを打ちはじめる。助手がおそるおそる聞く。

「また装置を動かすおつもりですね。財界関係者をみな殺しになさるのですか」

「いや、そんなことをしたら金が集らないぞ。わたしは冷静だ。この装置の発明をかたる詐欺師どもを消してやるのだ。まったく、とんでもないやつらだ。神仏も許さないであろう。わたしは天に代って不正を処断するのだ」

「精神は冷静なのでしょうが、手のほうは興奮でふるえています。パンチの穴をやりそこなわないよう、お願いしますよ」

助手に注意され、博士はカードを検討した。

「うむ。よくたしかめたら、まちがっていた。これだと、金魚を食べることを禁止する法律を制定せよという、イデオロギーの持ち主を一掃するところだった……」

あと三枚ほどパンチをやりそこない、やっと正しくうちなおされたカードが作られ、装置に入れられ、スイッチが押された。

助手はちょっと不安を感じた。装置の発明者と称する者のなかに、こっちまで含まれてしまうのではないかと。

しかし、カードは正しく、装置は正常に働き、この二人は名実ともに真の発明者だった。つまり二人は、なんともなかった。

一週間後。エフ博士の会場には大ぜいの人が、しかし半信半疑の表情で集っていた。どうせ出現しないだろうと予想していたのだ。発明者を自称する人たちが、いっせいに倒れてしまったのだから。

しかし、博士はあらわれ、こう話した。

「もう、申しあげなくてもおわかりでしょう。発明者をかたった連中が、なんによって消されたか……」

その意味するところは、みなにまもなく通じた。こんなことのできるのは、本物のほかにない。来場者のひとりが立って言った。

「わかりました。みとめます。で、どうしてほしいとおっしゃるのですか。その問題の装置とやらを、われわれに言い値で引き取れとおっしゃるのでしょう」

「そうではありません。金は出していただくが、装置をお渡しはできません」

客席はざわめいた。

「むちゃだ。悪質な脅迫だ。取引きなんてものじゃない。なんの権利があって……」

「そうはおっしゃるが、社会のために極悪人を一掃したのですよ。いくらか報酬をいただいてもいいでしょう」

「それなら、国家に請求すべきだ」

「しかし、交渉不成立の場合、役人をみんな消してしまうと大混乱です。それに、役所相手だと、予算がどうのこうのとじれったくてならない。そこへいくと、あなたはビジネスライクで、合理的な思考の主《ぬし》です」

「変なほめられかただ。しかし、弱りましたな。みなで相談してみなければ……」

「いいですよ。お待ちします。しかし、念のため申しあげておきますが、わたしを殺そうとなさったり、装置の破壊をたくらんだりなさらぬよう。すぐ自動的に作動します」

博士ははったりを言ったが、それはそのまま通用した。真の発明者とはっきりすると、発言に重みがついた。

博士は別室で待っていたが、みなの話はなかなかまとまらないらしい。やっとあらわれた代表は、十日間の猶予がほしいと言い、博士は承知した。

4

十日間という約束が、二回ほど延期された。使者の話では、出す金の分担でもめているのだそうだ。

しかし、ついにエフ博士もがまんしきれなくなり、電話をかけて腹を立てながらおどかした。

「もう待てません。スイッチを入れますよ。イエスかノーか。承知なら、いますぐ白旗をかかげて金を持って来て下さい」

やがて、数人の者が白旗をかついで研究所へやってきた。子供っぽいことだが、迎えるほうはいい気持ちだ。しかし、彼らは約束の金を持ってこない。払う気がしなくなったというのだ。博士はまっかになった。

「けしからん。ただですむと思っているのですか。いますぐ装置を作動させ、財界関係者をみな殺しにします。この手ににぎっているのが、リモコン用スイッチですよ。この防御法は絶対にない。核兵器のような原始的なものとは、原理がちがうのです。シェルターにかくれたって、逃げきれない。それなりの覚悟はしておいでしょうな。しかし、その前に、なんでそんな心境になったのか、うかがっておきましょう。お話ししたくなければ、スイッチをすぐに押しますが……」

それに代表が答えた。

「つまりですね、同じ装置をわたしどもでも作りあげたのです。そして、装置の真の発明者を消すパンチカードも用意してある。装置のそばにいる者がやられたと感じると、すぐスイッチが入るようになっているのです」

「まさか、でたらめだ……」

「本当ですよ。試運転もしました。医学的にいかなる手当をしても、あと六時間以上は絶対にもたないという病人を目標におこなうことで、効果を確認しました」

「うむ、さっきニュースでそんなことを言っていた。変だなと思ったが、そのためだったのか。しかし、他の者にそう簡単に開発できるわけがないが……」

博士はふしぎがった。そばでは助手がふるえている。相手の話が本当だったら、博士もろともやられてしまう。いまにも背中に、ぞっとした感触がおこるのではないかと、気が気でない。代表は説明した。

「博士は天才だが、世事《せじ》にうとい。産業スパイなるものの存在を、ご存知なかったようですな。彼らはこの研究所に前々から目をつけていて、忍びこんで図面をうつしたりしていた。しかし、なんの装置かはわからなかった。そこへ今度のさわぎ、すぐわれわれのところへ売りにきたというわけです。もちろん金を取られましたが、博士に払うよりはずっと安くついたしだいです。なにしろ、われわれはビジネスライクで合理的ですからね」

博士のくやしがりようといったらなかった。

「うぬ。そうせちがらい時代とは気がつかなかった。けしからん。装置が完成した時、まず第一に産業スパイを消しておくべきだった。なんという不覚。いや、いまからでもおそくない。胸をすっとさせねばならぬ。そのような、社会の寄生虫はすぐ消して……」

博士がパンチカードの目標欄に、産業スパイと記入しかけると、人びとのうしろから、ひとりの男が進み出て言った。

「おやめになったほうがおためですよ」

「だれだ、なぜだ」

「産業スパイ同業組合の代表者です。はじめて聞く妙な名称だと、お笑いになってはいけません。なにしろ、できたばかりです。わたくしどもは博士とちがって、世の中の裏の裏まで知っています。なにはさておき、自分たちで一台持っていなければならぬと、すぐぴんときました」

「なぜだ……」

「当り前でしょう。そうしておかなかったら、財界関係者は、金を払ったとたん、わたしたちを消し、金を取りかえさないとも限らない。自衛のために、大急ぎで作りあげたわけです。本部に装置がおいてあり、ひとりがつきっきり。さてはと気づいたら、財界関係者と発明者へ、即時報復が加えられるよう、カードも用意してあるのです」

それを聞いて博士はがっかり。むり押しをすれば、こっちが死んでしまう。それではもともこもない。あきらめざるをえなかった。

5

すっかり予期に反した結果。エフ博士は面白くない。

「どうしてくれよう。やつらに手が出せないのだから、いやになる。他の者に八つ当りはできるが、まさかそれをやるわけにもいかぬ」

助手が進言した。

「いまさら後悔しても、しようがありません。こうなったら、弱きを助けるのがわれわれ発明者の役目でしょう。財界のやつらに悪用されたらことです。きっと、中小企業をおどし、好き勝手なことをするでしょう。あるいは労働組合を圧迫するのに使うかもしれません。人間、いつもは立派なことを言っていても、力を持つと一変するものです」

「うむ……」

「それに、あの産業スパイ組合の連中も、なにをやるかわからない。外国から大金で仕事を請負《うけお》うかもしれない。たとえば、人種問題をかかえた国など、どっちかを、あっというまに一掃することもできるんですから。おどされかねない人たちの力になってやるべきでしょう」

「そうだ。その通りだ。その圧迫される側に製造法を教えてやることにしよう。また、この際、逆探知の装置を早く公開しなければならない」

「なんです、その逆探知機というのは」

「装置がここ一台きりの場合は不要だからとりつけてなかったが、こうなったら、そうもいかない。つまり、自己への攻撃がどういう連中によってなされたのかを、識別する装置だ。だれかがやられた場合、ここの装置からの攻撃と誤解され、われわれに報復が加えられたら、たまったものでないぞ」

かくして、陽子振動式・特殊選択的・遠隔作用・大量殺人機は、特許もなく公開された形になった。これだけ短期間のうちに普及したものは、これまでになかったにちがいない。

政府がそなえ、与党がそなえ、野党がそなえつけた。与党の内部でも各派閥が一台ずつそなえつけたことは、いうまでもない。

女性のいばっている風潮が面白くないという男性が集って、一台を購入した。亭主をしりに敷く女性を一掃するパンチカードを作り、おどしをかけた。効果はてきめん、どこの家庭でも女性がこの上なくしとやかになった。しかし、この男性天国も数日で終り。女性側が装置をそなえ、即時報復の態勢を作ったからだ。

主義や宗教で対立しているグループは、すぐに用意した。しかし、どこにおいても効果的に使用した者はなかった。対立する相手方に、報復の準備がととのっているかどうか、確信がもてないからだ。危険な賭《か》けであり、やりそこなったらとも倒れとなる。

ぐずぐずしているうちに、ぞくぞくと組合が結成され、宣言が発表される。たとえば、

〈われわれ全世界の酒類愛好者は、ここに組合を結成し、自衛のために装置をそなえたことを発表する。個人的なことにはタッチしないが、酒飲み全体への攻撃は許せない。われらは平和を愛し、決して他に先制攻撃をかけることはないが、不当なる攻撃が加えられた時には、逆探知によってただちに死の報復を加えるであろう。とくに、以前よりわれわれを敵視し、折あらばわれわれを絶滅させようとの陰謀をつづけてきた、禁酒主義者どもに通告する〉

それとほとんど前後して、禁酒主義者側でも発表し、こうつけ加えるのだ。

〈わがほうにも即時報復の装置がある。アル中組合からの攻撃があればすぐに作動させるであろう〉

ヌーディスト連盟ができ、コールガール協会ができ、全世界スピード違反取締係連合ができ、その他いろいろできた。変な目で見られたり、うらみを持たれたりすることの多い職業やグループが、とくに早かった。

一匹狼主義者の助け合い組合もできた。主義には反することだが、だれかが〈一匹狼的な生活信条を持つ人物〉というパンチカードを装置に入れたらと思うと、いてもたってもいられなくなったのだ。

はてはこんな宣言も出た。

〈われわれアフリカおよび南アメリカの魔法祈禱《きとう》師は、ここに組合を結成し、装置をそなえた。のろいの術での報復ももちろん可能だが、念のために併用するのである。非文明的などの理由で、こんご攻撃をかけたりなさらぬよう通告する〉

6

「驚きましたねえ、こんなに拡散が早いとは。合計したら、もうどれくらいの数になったでしょう。国際浮浪者連合なんてのまででき、装置をそなえた。いったい、本当に動くのばかりなんでしょうか」

助手が話しかけると、博士が言った。

「わからんな。いずれにせよ、そのご実際に使われた形跡はないようだ」

「それはそうですよ。使えば当人たちが道づれですからね。となると、存在しないのも同じようなものですが、そこが人間、持っていないと不安なのです。均衡《きんこう》の義務とかいったようなものでしょうか」

「階層の連帯とか、国家観念の消滅とか、いろいろな人がいろいろに論じているらしいが、わたしにはわからん。はっきりしているのは、こんなことになろうとは夢にも思わなかったということだけだ」

「で、これから研究のほうはどうなさるんです」

「金を取りそこなったので、新しい分野の開発もできぬ。仕方がないから、いまの装置を改良して、害虫駆除にも応用できるようにするつもりだ」

しかし、エフ博士のその計画の前途に、思わぬ障害があらわれた。

〈われわれ地球上のチンパンジーは、種族自衛のため装置をそなえつけ……〉

というニュース。ユーモアのつもりなのだろうが、飼育係かなにかが条件反射の訓練で使い方をしこんだのかもしれない。チンパンジーみな殺しを試みる勇気は、これでだれにもなくなった。人間以外にも装置の効力があるのかどうかわからないとしても。

それに刺激されてか、こんなのも出た。

〈われわれネコを愛する会は、ネコの生存権をまもるために、装置をそなえつけた。ネコへの攻撃は、破滅を覚悟の上でなされるよう宣言する〉

そのうち、昆虫愛好者組合だってできるだろう。とてもまにあわない。エフ博士はため息をついた。もう勝手にしろ。ひどいことになったものだ。生きとし生けるもの、みなそれぞれの立場を尊重しあって、こんな状態を永久につづけていかねばならぬとは。

ねぼけロボット

星々のきらめく広い空間を、一台の宇宙船が飛びつづけていた。かなりの大型だが、乗っているのは二人だけだった。これは貨物輸送用の宇宙船だったのだ。地球から移民した人びとの住む星から星へと、いろいろな品物を運ぶのが役目だった。

「未知の星への探検旅行とくらべ、貨物船の仕事は危険がないかわり、変化がなくて退屈だな」

「任務には、さまざまな分野があるものさ。重要さでは、どちらが上とはいえないよ」

二人はのんびりと話しあっていた。災害というものは、こんな時に起りやすい。とつぜん、警報が鳴りはじめた。

「おい、なにか事故が起ったらしいぞ」

「異常はどこだろう」

赤いランプは、問題の場所が荷物室であることを告げている。正常な状態に少しでも変化がおこると、警報が鳴るのだ。彼らは手わけして船内を調べはじめた。

やがて、原因をつきとめた。ある星でつんだ植物のタネが発芽していたのだ。それ

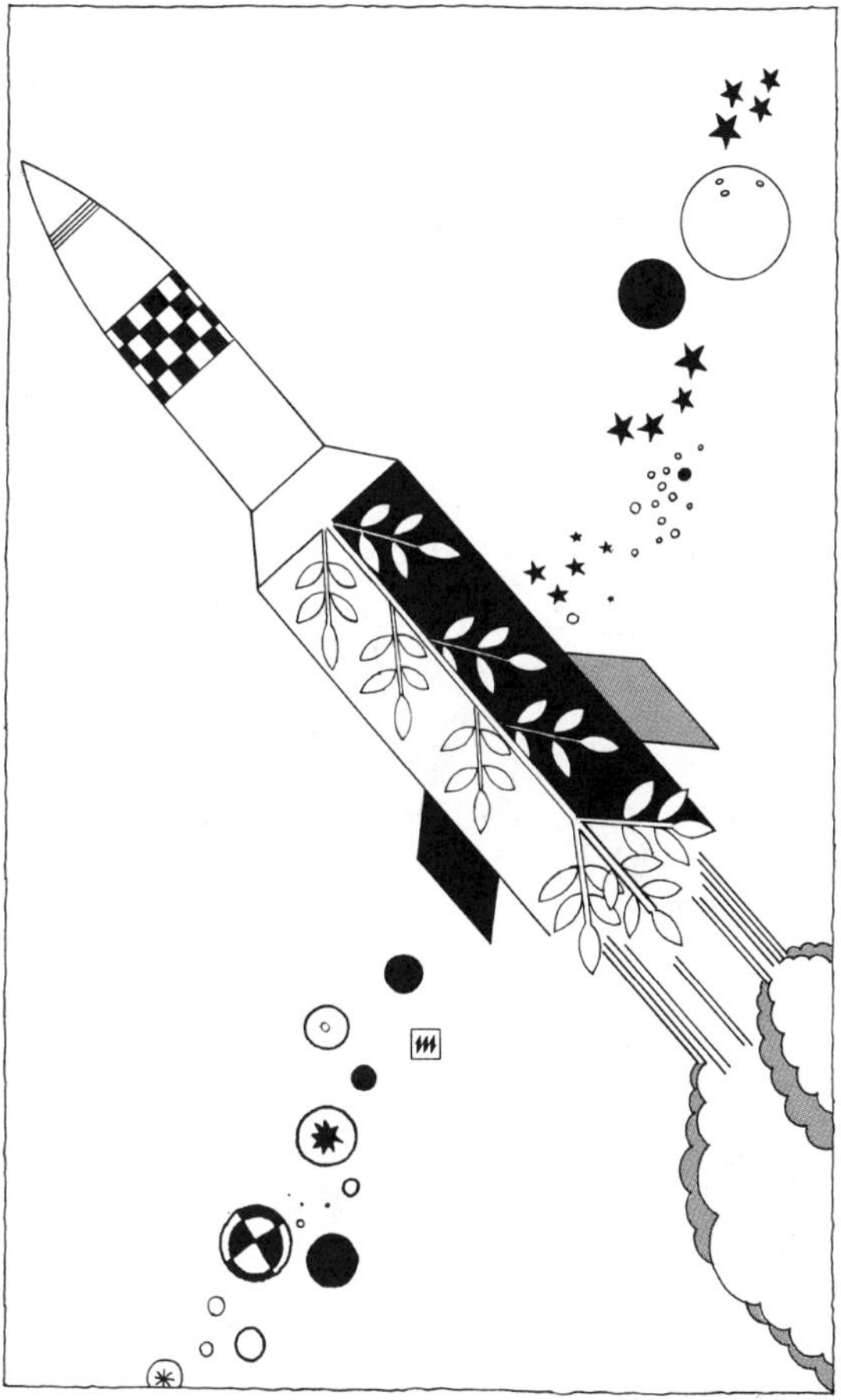

を警報器が感じたらしい。

二人は近づきかけて、手をひっこめた。宇宙線の影響を受けて突然変異をおこしたためか、植物はぶっそうな性質になっていた。すなわち、葉から粘液《ねんえき》のようなものを分泌《ぶんぴつ》し、それが金属をとかすのだ。

「ひどいことになったぞ。このままだと、宇宙船に穴があいてしまう。そとへ捨てよう」

このように安全な航行に支障をきたすとみとめられた場合は、積荷《つみに》を処分してもいいことになっている。

「しかし、なんで動かしたらいいのだろう。手でさわるわけにもいかず、プラスチックでもだめかもしれない。くわしく調べてから作業にかかりたいが、ぐずぐずしていると穴があき、空気がなくなって死ぬことになる」

彼らは顔をみあわせ、対策を真剣に相談した。そのうち、ひとりが言った。

「おい、いいことに気がついた。積荷のなかに、たしかロボットがあったはずだ。それを使うことにしよう。規則でも、非常の場合には許されている行為だ」

「なるほど、いい考えだ」

さっそく近くにあった箱をあけ、ロボットの胸のスイッチを入れた。ロボットは箱のなかから起きあがっていった。

「やあ、旦那がた、こんにちは。いいごきげんで……」

「なにを言うか。ごきげんどころのさわぎではない。早いところ、あの変な植物をしまつしてくれ」

「まあまあ、植物のせわなど、やぼな話はあとまわしにして、一杯やろうじゃありませんか。酒の棚《たな》はどっちです。カクテルをお作りするあいだ、小話でもひとついたしましょう。思わずにやりとなさるような……」

　このロボットの様子を見て、二人は首をかしげて話しあった。

「なんだ、これは。どうも変だぞ。わけのわからんことをしゃべりつづける」

「べつな箱をあけてみよう」

　そばの箱をあけると、こんどは女のロボットが出てきて言った。

「あら、坊やたち。遊び相手がなくて、つまんなかったでしょう。あたしがお相手してあげるわよ。かくれんぼしましょうか。それとも、なぞなぞごっこがいい……」

　これもおかしかった。しかし、ふしぎがってもいられない。植物への処置を急がねばならないのだ。それにしても、どうしてこんなことになったのだろうか。こんなロボットばかりなのだろうか。

二人は今あけた箱をよく調べた。ふたに文字が書いてあった。最初のにはこう記《しる》してあった。

〈3級ロボット。レジャー用。生産や実務には適せず〉

女ロボットのはこうだった。

〈3級ロボット。子守用。それ以外の役には適せず〉

理由はわかった。これではどうしようもなかったわけだ。彼らは、もう少しましなのはないかと、つぎつぎと箱を調べていった。

〈最高級ロボット。高度の仕事むき。万能。人間に近い機能〉

ついに見つけた。

「これだ。これだ。さあ、早く使おう」

箱をあけ、スイッチを入れる。いかにも精巧そうな表情のロボットが立ちあがった。彼らは急いで命令した。

「あの植物をしまつしてくれ。必要な道具や薬品はいちおうそろっている。なんでも使っていい」

ロボットはゆっくりと答えた。

「なにが、どう、したと、いうのですか」

「そんなに、のんびりしていては困るのだ。一刻を争う事態なのだ。早くやれ。おまえにはできるはずだ」

しかし、ロボットは植物などには見むきもせず、操縦室のほうへ歩いていった。そして、そのへんの装置をいじりはじめた。

そのため、船体は揺れたり、不規則な回転をした。二人はあちこちにぶつかる。植物もころがり、金属をとかす液が散り、危くてしようがない。

「おい、やめろ」

と大声で命じても、ききめはない。

いっぽう、レジャー・ロボットは面白そうな声を出している。

「これは旦那、変った趣向《しゅこう》ですな。こんなに揺らせながら酒を飲むなんて。早く酔おうというわけですか……」

子守ロボットはこんなことを言う。

「坊やたち、鬼ごっこがいいわね。ぐるぐる回りながらだと、つかまえにくいわよ」

大変なさわぎで、収拾がつかなくなった。植物への対策が進まないばかりか、変なロボットばかりがつぎつぎあらわれる。この宇宙船がどうなるのか、見当もつかなくなってきた。

「ひどいことになった。あんなロボットなど、起さないほうがよかった。なにか注意書きはついてないか」

箱のなかをのぞくと、紙片があった。

〈これは精巧なロボットで、人間に近い。スイッチを入れてしばらくは人間の場合と同じく、ねぼけることがある……〉

事情はわかった。しかし、その場合はどうしたらいいのかという部分は、紙がちぎれてなくなっていた。ロボットが起きあがる時に破けたらしい。

スイッチを入れる前によく読めばよかったのだが、あわてていたので、こんなことになってしまった。いまさら後悔しても、まにあわない。

操縦室のロボットはあたりをいじりまわし、ほっといたらドアをあけるボタンも押しかねない。はらはらする思いだが、名案もすぐには浮かばない。

一人はがまんができなくなり、前後も考えずそばにあったハンマーを手にし、ロボットをなぐりつけた。

「こいつ。しっかりしろ。目をさませ」

ハンマーはロボットの顔に当った。だが、ロボットはこわれもせず、さらに狂暴にもならず、ふいにおとなしくなって答えた。

「はい。なにをいたしましょうか」

はっきりした口調で、命令を待つ口調だ。

「もう大丈夫なんだろうな」

「はい。そうおっしゃるところをみると、わたしがねぼけていたのですね。その場合は、人間に対するのと同様になされればいいのです。つまり、ほっぺたをひっぱたいてくだされば……」

「そうだったのか……」

「はい。人間の本能にあわせて、わたしが作られているのです。統計によると、ねぼけた相手に対して、人間はたいていそうするそうです……」

思いがけなく、処置が的中したわけだった。ロボットは植物に近より、そなえつけの薬品を使って、手ぎわよく片づけてくれた。

かくして、宇宙船はふたたびぶじに航路をたどりつづけた。

時の渦

その現象はなんの理由も必然性もなしに、この世界をおおいつくした。

しかし、これについての前兆《ぜんちょう》は、いろいろな形であらわれていた。まず、予言や占いのたぐいを商売にしている人たちが、迫ってくる異変に気づいた。といって、なにが起るのかを明確に感じとり、それを語ったのではなかった。未来のことが、口にできなくなってしまったのだ。

ごく近い将来のことなら、いままでと変りなく言えるのだが、ある日時を越えてさらにその先のこととなると、手のつけようがなくなるのだった。いかに水晶球を凝視《ぎょうし》しても、客の掌に目を近づけても、なんの霊感も浮かんでこない。その日時から先の未来には、空虚しか存在しないといった感じなのだ。この世が断崖《だんがい》に近づきつつある感じともいえた。

霊感を持たない、いいかげんな占い師も同様だった。でまかせでもいいから客の気に入りそうなことをしゃべろうとしても、その言葉がのどから出てこないのだ。それは決して、のどの疾患のせいではなかった。ある日時から先については、頭のなかに言葉が浮かんでこないためだった。一方、日常生活の会話には、なんの不自由もなか

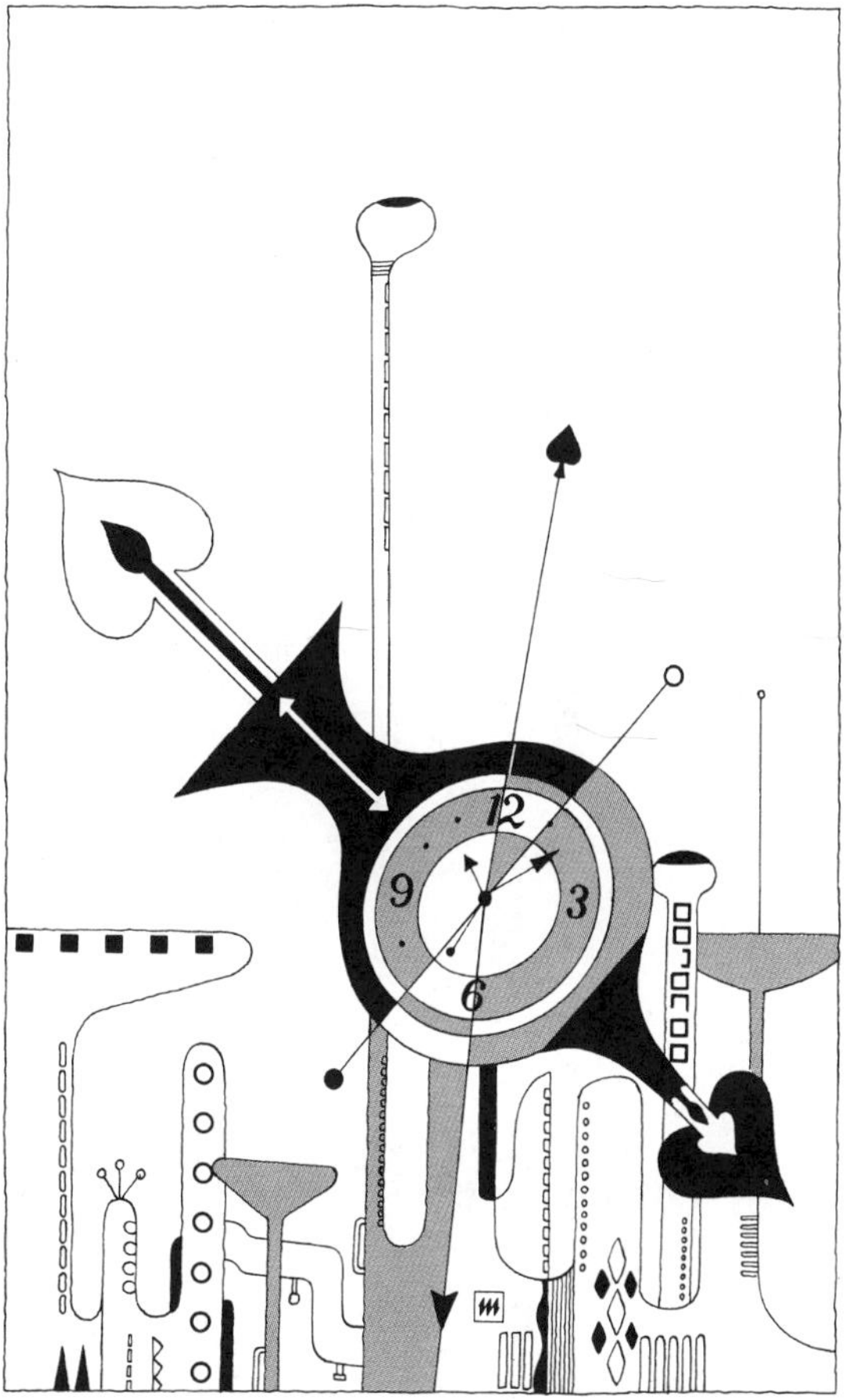
12
9
3
6

った。

彼らはそれぞれ、ひそかに悩んだりあわてたりした。そして、たえきれなくなって同業の者に打ちあけ、自分ひとりでないことを知った。それに、予言の限界となっているその日時が、いずれも同一なことも知り、驚き、ふしぎがった。しかし、いずれにせよ、これでは商売がなりたたない。転業しはじめる者がふえていった。団結して政府に救済を求めたところで、とても取り上げてはもらえそうにない。

異変はつぎに証券業界に起った。各社秘蔵の大きなコンピューター。集めた調査資料をそれに入れ、経済界の長期予測に利用していたのだが、動きがいささかおかしくなった。占い師たちの場合と同じく、短期のことは答えるのだが、ある日時を境《さかい》に、それより未来のこととなると沈黙してしまう。精密な検査がなされたが、どこにも故障は発見できなかった。また、その日時は奇妙なことにみな一致しており、ゼロ日時という言葉がささやかれはじめた。

証券業者の幹部たちは、はじめこれを秘密にしていた。株価に大混乱が起るのではないかと心配したからだ。しかし、この種の秘密は守られにくい。やがてマスコミにすっぱ抜かれたが、さほどの混乱には至らなかった。ゼロ日時をめあてに、株を売るべきか買うべきか、だれにも見当がつかなかったのだから。

気象庁のコンピューターも同様だった。ゼロ日時までの予報はするのだが、それ以後の長期予報となると、なんの解答もしないのだ。大がかりな点検によっても、その原因はつかめなかった。ということは、コンピューターが正確なわけであり、ゼロ日時が存在し、近づいてきつつあることがたしかのように思われた。

その他、同じような異変は各所ではじまっていた。政治家はゼロ日時を越えての未来について、なんの発言もしなくなった。いや、できなくなったのだ。そのこととなると、頭がまるで働かない。

スポーツ関係者で、将来の国際試合の計画を立てようとする者も、ゼロ日時から先のこととなると、まったく考えがまとまらない。

例をあげればきりがない。だれもがこうだったのだ。ちょうど、記憶喪失を逆にしたような状態だった。記憶喪失とは、過去のある時点にすりガラスの壁が立てられ、そのむこうは空白だけが占めているという症状のことだ。その反対の形。ゼロ日時から未来については、想像も予言も、予定も計画も、なにひとつ不可能となったのだ。それから先は無なのであろうか。

当然のことながら、一種の不安感がみなぎった。だが、恐慌《きょうこう》というほどにはならなかった。世の終りとはっきりしているのなら、したいほうだいのさわぎともなるだろう。しかし、どうなるのかの見当がつかないのだ。

人びとがそろって医師の診断を待っているのに似ていた。その期間において、人は不安を抱きはするが、行動の点ではおとなしいものだ。ほっとして祝杯《しゅくはい》をあげたり、心を入れかえて闘病にはげんだり、絶望してがっくりしたり、自暴自棄になったりというのは、診断が下されてからあとのことなのだ。

強大な軍備を有する国々も、どう対処していいかわからず、迷っていた。厳重をきわめた機密室のなかのコンピューターが、ゼロ日時以後のこととなると、白紙のカードしか出さなくなっていた。人をばかにしているようでもあり、ぶきみでもあった。どの国も緊急措置《そち》で人員を集め、これにかえようとした。だが、役に立つ人間はひとりもいなかった。軍事も外交も、ゼロ日時のかなたに関しては、なんの作戦も立案できなくなったのだ。こうなったら、他国も同様であることを祈りながら、心から平和を主張することだけが唯一の方法だった。

かくして、嵐《あらし》の前の静けさともいえる空気のなかで、ゼロ日時は少しずつ迫ってきた。あと半年、あと三カ月、あと一カ月、あと十日、あと一日……。

その青年は、彼の住居であるアパートの一室で目をさました。そして、のびをしながらつぶやいた。

「やれやれ、きょうが問題のゼロ日時か。しかし、おれも部屋も消えてはいないようだな」

彼は三十歳で、まだ独身。ある会社につとめ、どうということもない平均的な日常をくりかえしてきた男だった。いまだに独身なのは、ずっと母と暮してきたため、とくに生活の不便を感じなかったからだった。

その母は一年ほど前に死亡していた。青年はそろそろ身を固めようかと思い、しばらく前からひとりの女性と交際をはじめていた。そこまではまあよかったのだが、彼女は二週間ばかり前に事故で死んでしまった。ゼロ日時のことを考えながら道を歩いていたため、走ってくる自動車に気がつかなかったのだ。はねた車の運転手のほうも、やはりゼロ日時のことで注意が散漫になっていたようだ。

このように、ゼロ日時を控えた何日かは、世の中はいささかあわただしかった。だれもが身辺を整理し、大なり小なり、いちおうの一区切りをつけておこうとしたからだった。借金を返済する者もあったし、食料や薬品や電池などを買いととのえた者もあった。ちょっと、台風襲来にそなえる気分に似ていた。

また、個人ばかりでなく、法人も同様だった。貸借はなるべく清算し、給料も前払いし、進行中の訴訟もできる限り和解した。年末と決算期がいっしょにやってきたようだった。ゼロ日時となって思いがけぬ異変が発生した時、その対策と業務との双方にかかりあうのを避けようとしたのだ。これは民間会社ばかりでなく、官庁や公共機関も同じだった。

身辺の整理の点では、この青年はまことに簡単だった。肉親はなく、唯一《ゆいいつ》の未練ともいえるガールフレンドも死んでしまった。なにが起ろうと、気軽に対処できる。食料とタバコとを少しまとめて買い、ライターの掃除をした程度だった。

「さて、きょうの天気はどうだろう」

青年は起きあがり、窓からそとをのぞいた。そとの光景もまた、いつもと変りなく存在していた。彼は空をみあげた。ふと、天の一角《いっかく》からなにかが出現するのではないかと思ったからだ。

空は秋晴れで、雲はまったくなかった。工場などが操業を休んでいるためもあったろう。空気はさわやかで、気温は暑からず寒からず、風は肌《はだ》にこころよかった。あとになってみると、このゼロ日時が世界的に好天《こうてん》だったのが、じつに幸運といえるのだが、この時はだれもそうとは知らなかった。青年もまた、いい天気だなと感じただけだった。

しばらく空を眺めつづけていたが、空飛ぶ円盤らしきものも、怪物も、天使の姿もあらわれなかった。数羽の鳥がゆっくりと舞っているだけだった。

青年は軽く朝食をとり、会社へと出かけた。アパートにいてもすることがないし、いままでの習慣で、出勤しないではいられなくなる。出勤はしたものの、彼も同僚も上役も、からだを持てあました形だった。万一の場合にそなえて仕事がみな一段落となっているので、さしあたっての予定がない。また、きょうが終ってみないことには、なにをする気にもなれない。

周囲の雰囲気《ふんいき》はのんびりとしていた。天気がおだやかなせいもあり、ここまできたらじたばたしてもしようがないとの覚悟もついていた。自分ひとりだけ異変に巻き込まれるのならかなわないが、おそらく全人類がそうなのだとなると、くやしさもわいてこない。

上役まで含め、雑談にふける以外にすることはなかった。だれかが言った。

「こんなのんびりしたことは、入社以来はじめてだな」

「しかし、あしたはどうなるんだろう」

これに答えられる者はいない。あしたのこととなると、だれの頭も働かないのだ。したがって、雑談の話題は思い出話が主となり、あとは冗談めいたことだけだった。

よそからの電話もあまりかかってこない。かかってきても内容は仕事に関してではなく、雑談の相手を求める友人からだった。正月の初出勤の日を連想させる気分があった。

昼食に出かけていったきりの者や、喫茶店でくつろぐ者や、公園に散歩に出かける者などがあった。用事にかこつけて外出するうまい口実はなかったが、社内でじっとしているのも退屈なのだ。しかし、上役もべつにとがめなかった。きょう一日だけの特例なのだと黙認《もくにん》した。

だらだらと時がたち、勤務時間が終り、みなそれぞれ散っていった。まっすぐ帰宅する者もあり、恋人どうし映画館に入る者もあった。

青年は友人とバーに寄り、とりとめない雑談のつづきをやった。バーはいつもより少しこんでいた。きょうが終ってみないと気分が落ち着かず、それをまぎらそうというためだった。そうでなくても、さわやかな秋の夕方は、酒の味が一段と魅力的になる。

青年はほどよく酔い、ほどよいところで帰宅して床についた。テレビをつけてみたが、きょうはどの局も放送終了が早かった。ラジオは音楽だけをやっていた。いつもの時刻に天気予報を言うかと思ったが、音楽が流れつづけるだけだった。

青年は、きょうは緊張と解放感のまざりあったいい一日だったなと思いながら、眠りについた。これは多くの人がそうだったろうし、なにかが頭にひっかかっている人は、睡眠薬を多めに飲んで眠ったことだろう。

つぎの朝。青年は目をさまし、いつものくせで伸びをしながらつぶやいた。

「やれやれ、まだ世の中は終っていないようだな」

そして、窓のそとをのぞいてみた。世界は存在していたし、秋晴れの空は気持ちよく澄み、異変のきざしすらない。ゆっくりと数羽の鳥が舞って……。

きのうと同じようだな、と青年は思った。それから会社に出勤し、また雑談の一日がはじまった。ゼロ日時が終ったのかどうかがはっきりしない気分で、だれも仕事にとりかかるふんぎりがつかなかったのだ。本当のゼロ日時はきょうなのではないかと思えた。なかには机にむかって仕事をしようとした者もあったが、あしたのこととなると、まるで頭が働かない。席を立って雑談の仲間に加わることになる。

だれかが雑談の時にこう言った。

「そういえば、けさ変なことがあったぜ。冷蔵庫をあけたら、きのう食べたはずの果物があった。これさいわいと食べてしまったが、どういうわけだろう」

「きのうはだれもが妙な気分だった。そのための錯覚《さっかく》かなんかだろう」

べつな者が口を出した。

「ぼくにも同じようなことがあった。昨夜からにしたはずのタバコ・ケースに、けさになったらタバコがつまっていた」

「考えられないことだがな」

ふしぎといえばふしぎだし、たあいないといえばたあいない話題だった。そんなことで、前日と同じように、ゼロ日時の第二日もすぎていった。

そして、そのつぎの日になると、さすがに人びとも、どこか様子がおかしくなっているのに気がついた。いままでの二日と、あまりにもよく似すぎているではないか。きれいな秋晴れのなかでの、のんびりした一日のくりかえし。それは平穏であるくせに、どことなくぶきみさをひめていた。

すべてが空転しはじめたように感じられた。信じられないようなことだが、どうやら事実らしかった。雑談の時に、それは確認された。朝おきてみると、冷蔵庫のなかもタバコのケースのなかも、なにもかもゼロ日時第一日目の朝と同様になっている。割れたので捨てたはずの食器が、朝になったらもと通りの棚《たな》に戻っていたと話す者もあった。

もっとも、人びとの生活のほうは完全なくりかえしではなかった。第一日目に会社を抜け出して喫茶店に行った者が、この日はデパートへ見物にでかけ、そこの食堂へ寄ったりした。そして、その記憶は朝になっても消えることなく残っている。周囲の状態は反復するのだが、その力は人間の記憶までは及ばないようだった。

そのつぎの日ぐらいになってくると、事態はさらにはっきりしてきた。天文台では、月の欠け方、星座の位置、潮の満干時などが、ゼロ日時以後すこしも変化していないと発表した。気象台では、天候、温度、風向きなどが、毎日正確にくりかえしつづけはじめたと発表した。このままだと、冬も来なければ、春や夏にもならず、いつまでもこの天気のままだろうというのだ。いまの秋の花はこのまま咲きつづけ、虫は鳴きつづけることになるのだろう。

さらにあとになってわかることだが、人体における老化も進まなくなっていた。テレビのニュースは、これらのことをつぎつぎと報道した。くりかえしの開始により、ニュースは品切れになるのではないかとの予想に反し、けっこう話のたねは豊富だった。

なによりも奇妙だったのは、午前零時における変化だ。ゼロ日時のはじめのその時刻の状態に戻るのだ。食べてしまったはずの食品は、こつぜんと冷蔵庫のなかに出現し、からになったケースはタバコで一杯になる。映画のフィルムの終りと初めとをくっつけて輪にし、それを映写しているようだった。人びとはこの観察に熱中したが、やがてこれが現実なのだと知ると、そのうちあきてやめてしまった。

店で販売した商品も、その時刻になると、だれも補充しないのにそこへ戻ってくる。すなわち、ある人が店で品物を買ったとする。だが、一日が終ったとたん、品は店に戻り、金はその人のところへ戻るのだ。だれもが損をしないばかりか、食品などの場合、消費しただけとくともいえた。

もちろん、こんな事態になれるまでは不便もあったし、変な失敗もたくさんあった。しかし、なれてみると便利なことのほうが多かった。あとしまつに気を使わなくていいし、働かなくても一応の生活が保証されているわけだった。

人びとはこの現象の原因について知りたがり、テレビのニュースはそれをとりあげた。アナウンサーは学者にむかって質問をした。

「前例のない現象がはじまったわけですが、これはどういうことなのでしょう。わたしたちの錯覚で、そう思えているのでしょうか」

学者は口ごもりながら答えた。

「いままでの報告によると、全世界の人がこの現象に巻きこまれており、ひとりの例外もないようです。ということは、決して錯覚や幻覚ではありません」

「早くいえば、現実ということですね」

「明らかに現実そのものです」

「その原因はなんなのでしょうか。二十四時間ごとに、あたりの物がふり出しに戻ってしまうというのは」

「その点なのですが、まだ断定はできませんが、宇宙を構成している因子《いんし》の一つに、ある変化が発生したためと思われます」

「そこのところを、もう少しくわしく、わかりやすくご説明下さい」

「つまりですね、現在までずっとスムースだった時間の流れが、渦動に巻きこまれ、反復しはじめたというところでしょう。わかりやすくたとえれば、レコードです。ミゾに傷がついたために、同じメロディーがくりかえされつづけているのに似ていましょう。まあ、いまのところは、この程度でかんべんして下さい……」

よく考えると、いっこうに解説になっていなかった。事態を意味ありげな形に言いかえているだけにすぎなかった。

もっとも、ひっぱり出された学者のほうも、内心では持てあましていた。問題が大きすぎ、異様すぎた。文献にも出ていないし、解明しようにも矛盾《むじゅん》が多すぎた。たしかに、時間の渦動と呼ぶことはできそうだ。しかし、物品のたぐいは二十四時間ごとにもとに戻るのに、なぜ人間の記憶は連続しているのだろう。二十四時間ごとにすべてを忘れてふり出しに戻るのなら理屈にあうのだが、この現象がはじまってからのことを、ずっと思い出すことができる。この点に関してだけは、科学者としてふしぎでならなかった。

このように学者の話はあやふやだったが、人びとはわかったような気分になり、なんとなくなっとくした。理論ではこうあるべきだと主張してみたところで、現実の前にはどうしようもない。それに、なによりもまず、人体や生活に有害ではないらしいと判明したし、いい気候のなかでのんびりできるのだ。

ゼロ日時という二十四時間のなかに、世界じゅうの人が、やわらかくすっぽり包みこまれたようだった。すべての人がメリー・ゴーラウンドに乗り込み、二十四時間の周期でまわりつづけているようでもあった。

しかし、これはただの空転ではなく、予想もしなかった方角にむけてころがりはじめていたのだった。

青年は毎日、会社へと出勤した。べつに出かけなくてもいいのだが、家にいても退屈だ。ほかの者も同じで、雑談をしながら退社時間までいた。身についてしまったいささか悲しい習慣でもあった。また、あまり欠勤すると、この現象が終った時、ぐあいの悪い立場になるのではないかとの心配もあった。もっとも、申し合せて、週休なるものを作りあげた。

この現象の当分のあいだつづくことを、内心で願っている者が多かった。いままで、あまりにもあくせくしすぎた。この際、のんびりと頭を休め、自己反省をするのはいいことだ。将来のことには少しも頭が働かないが、過去を回想することはできた。

もし、この現象が永久につづくとなると、やがては恐るべき退屈にとりつかれるかもしれないとも思われた。これといった変化もなく、一日一日がくりかえされてゆく。回想の池をさらいつくしたら、なにをやって時をつぶしたらいいのだろう。

しかし、現象は退屈のほうにむかって進んではいなかったのだ。

ゼロ日時になってから二週間ほどし、青年は自分の目を疑うような事件にぶつかった。朝、目をさましてしばらくすると、ノックの音がする。ドアをあけた彼は、思わず叫び声をあげた。

「あ、きみは……」

「ええ、あたしよ」

そこには、事故死したはずの、かつてのガールフレンドが立っていた。

「どういうことなんだ。きみは自動車にぶつかって事故死したはずだ……」

「そうなんですってね。さっき、うちへ帰って両親をすっかり驚かせちゃったわ。それから、世の中に起っていることの、だいたいの説明を聞かせてもらったわ。なにがどうなっているのか、あたしにもわからないけど、この通り生きていることはたしかよ。べつにからだに傷もついていないわ」

その日、青年は出勤をやめ、彼女とつきぬ話をかわした。青年は別れてからの出来事を話した。いっぽう、彼女のほうには、話すべき別れてからの記憶はまったくなかった。要するに、気がついてみたらこの世にいたということらしい。

青年は彼女を抱きしめ、おそるおそるキスをした。これは愛情からというより、確認したい感情からだった。そして、長い時間かかって、彼女の生存が事実であることをたしかめ、やっと信じた。なぜこうなったのか理解はできなかったが、信じないわけにはいかなかった。

最初のうちは妙な気分だったが、二人はデイトを重ねるうちに、しだいになれていった。

この現象は彼女だけに限らず、しばらく前から発生していた。ゼロ日時になる前日に死んだ者は、ゼロ日時の第二日目にはすでに出現していたのだった。前々日に死んだ者は、第三日目といったぐあいだった。しかし、あまりのことに確認にてまどり、ニュースとして報道されるのがおくれていたのだ。

テレビでは人びとの要求に応じ、アナウンサーはまたも学者への質問を試みた。

「こうなってくると、時間の渦だけでは説明しきれないのではないでしょうか。レコードのからまわりといった、簡単なことではないようですが……」

「いや、渦はたしかに渦なのですが、固定した渦ではなかったようです。時の壁にぶつかり、過去にむかってはねかえされたといった形の……」

学者はポケットからヨーヨーを出し、それをたらした。糸が伸びきると、ヨーヨーは回転をつづけながら逆にのぼってくる。このようなものだと言いたげな表情だった。しかし、アナウンサーはいじの悪い、いや、最も大きな疑問にふれた。

「ふしぎでならないのは、生きかえって出現してくるのが人間に限られていることです。これはなぜなのでしょう」

「時間にそのような特性があるからでしょう。時間が過去にむかって空転しながら、人間だけを回収している形です。海中で網《あみ》を移動させると、魚だけがひっかかるのに似ていますね。あるいは、時間の空転が過去の人間をたぐり寄せているともいえましょう。この調子だと、やがてはもっと昔の人まで、この世に出現してくるかもしれませんね」

「なぜそうなるのですか」

「わたしに言えるのはこれぐらいだけです。しかし、時間にこんな特性があるとは、わたしもはじめて知りました……」

またしても、要領をえない解説だった。だが、そんなことにおかまいなく、この現象はつづくのだった。一カ月たつと、ゼロ日時のひと月前に死んだ者が出現する。どこからともなくあらわれ、この世の生活に加わるのだった。

もっとも、その出現の日が少しおくれることはあった。病気で死んだ者は、病気になる前のからだで出現する。これまた理由のわからない、理論にあわない点だった。しかし、結果としてはありがたいことといえた。あたりが重病の患者だらけになったら、みなの頭がおかしくなってしまう。

出現した者たちは、世の中の事態になれると、だれもが同じことを気にしはじめた。自分の墓をながめ、そのなかがどうなっているのかについて、恐れと好奇心とを抱く。実行をためらう者が大部分だったが、たまらなくなってそれを試みた者があらわれた。

制止を振り切り、自分の墓を掘りかえしてみたのだ。しかし、なかはからっぽだった。みなはなにかしらほっとした。何人かがそれをやってみたが、どれも同じことだった。そして、それからはだれもやってみようとはしなくなった。

二十四時間の空転がつづき、死者がつぎつぎとこの世にあらわれる。ゼロ日時以前には、想像することすらできなかった現象だ。しかし、人びとはそれを受け入れ、それになれていった。もっとも、いやだといっても防ぎようのないことなのだ。

食料の点はそう問題なかった。各家庭には数日分の食料のたくわえがあった。ということは、現人口の数倍までは大丈夫といえた。さらに商店には在庫があり、いくら消費しても二十四時間たつと、そこに戻るのだ。また、食べないから飢え死にするということもなかった。

やっかいなのは住宅問題のほうだった。場所をやりくりして、あらわれてきた肉親を収容しなければならない。青年も一年たつと母親を同居させなければならなかった。しかし、なんとかなっていった。気候はよく、夜もあまり寒くない。その気になればどこでも眠れた。また、眠らなかったとしても、変な場所で眠っても、そのために病気になった者はなかった。

異変がはじまって以来、すべてに共通していえることは、人間の生存を保証するとの点についてだけだった。その理由がどこにあるのかはわからなかったが。

各所における雑談は依然としてつづいていた。雑談のグループもふえ、グループの人員もふえていった。この世にもどってきた死者たちが、それに加わるからだった。そのうち、そのとりとめのなさのなかに、ひとつの流れが生じた。

その流れとは、過去についての正確な検討だった。未来へむかっての新しい変化がなにも起せない環境のなかだ。たあいない雑談のたねがつきると、人びとはそれに取りかからなければ、ほかにすることがなかった。

自己に関して他人が抱いているかもしれない誤解。それをほぐし、正しいものに訂正しようとしはじめた。同時に、他人のそれも手伝わなければならなかった。ここに、目的と呼ぶべきか、生きがいと呼ぶべきか、みなに共通したものがうまれたのだ。

もはや、雑談というより議論と称すべきだった。いかにこみいって漠然《ばくぜん》としていても、はてしない時間のなかで論じつづけられれば、いつかは真実が浮かびあがってくる。ごまかし通せるものではなかった。

ゼロ日時になる以前なら、つごうの悪いことは、あわただしい日常のどさくさのなかに消し散らすことができた。また、過去の死者に責任をおわせて、いいかげんに片づけてしまうこともできた。しかし、もはやそうもいかない。待ちさえすれば生き証人が出現してくるのだ。

なっとくする結論に至った者は、他人どうしの議論に首をつっこみ、知恵を貸し、陪審員のような役目をも引き受ける。テレビやラジオはその進行をうながし、連絡をはかり、また問題をさらに広めることに努めた。ほかにすることもないのだ。

この世にもどった死者たちも、また議論をはじめた。なんらかのいわれなき汚名《おめい》を残して死んだ者は、それを知るとともに、当然のことだが訂正にとりかかる。名誉と信用の回復のために、裁判の完全なやりなおしを求める形だった。そして、それに成功する者もあり、やはり失敗する者もある。一時的にごまかし二転三転したとしても、たどりつくのは真実だけであり、それは動かしようがないからだ。

戦いで死んだ者は、この世にもどると、自己をそこに追いこんだ者の追究にとりかかる。戦争について、だれがどの程度に悪かったか、だれがどの程度に悪くなかったかをきめるのは、複雑をきわめた大仕事だった。しかし、すべての人が生活にわずらわされることなく、時間をたっぷりとって熱中し、とりくんだ作業だ。

必要な参考人や証人は、つぎつぎにあらわれてくる。ごまかしつづけることは不可能なのだ。暗殺された大統領も、ひどい最期《さいご》をとげた独裁者も、栄光につつまれて死んだ将軍も、協定の裏話を胸にひめて死んだ外交官も、秘密情報をにぎったまま闇《やみ》へ葬《ほうむ》られたスパイたちも、有名人も無名な人も……。

人生と歴史の正確な再検討であり、それはどんな個人にも及び、真相はさらに完全なものとなってゆく。

テレビやラジオはこれを中継し、にぎやかなものとなった。面白く活気をおびたものとなった。いや、面白いとか活気とかいうよりも、真剣で狂気をはらんだと呼ぶべきものとなっていった。議論に参加する者も、聞くだけの者も……。

なにもかも、好むと好まざるとにかかわらず、虚偽が消え、真実があらわれてしまうのだ。

青年はある日、ガールフレンドとのデイトの時、ふとこんなことを言った。

「だれもかれも議論に熱狂している。なにかにとりつかれでもしたようだ。ほかにすることがないとはいうものの、なにも、ああまで目の色を変えなくてもよさそうなものだが」

「でも、仕方ないじゃないの。みんな、ああいうことをやりたいんだから」

「しかし、ふしぎだな。好きでというより、不安にかられているような、妙に深刻なものが感じられてならない。全世界が法廷になってしまったようだ。これについて聞いてみたことがあったが、だれも答えてくれない。気になってならないんだ」

「口にしたくないからなんでしょうね」

彼女の口調には、なにか事情を知っているような響きがあった。青年は話題を変え、それとなく聞き出そうとした。

「いつになったら、この議論さわぎは終るんだろうな」

「あと一千九百と何十年かよ」

「なんだって。そんなにつづくのか。驚いたな。驚くのはもうひとつ、いやにはっきり言うじゃないか。そんなことは発表されていないぜ」

「気がつかない人にわざわざ教え、こわがらせてはいけないからでしょうね。それとも、説明するまでもないことだからかしら」

青年はたまらなくなって聞く。

「ぼくは知らないぞ。たのむから、知っているのなら教えてくれよ」

「わからないかしら。毎日のはてしない議論で、真実がより正確になりつつあるじゃないの。法廷の審理は軌道《きどう》に乗っているのよ。いずれは、各人についてのすべての結論が出そろってしまう。あのかたは、ただ判決を下しさえすればいいわけでしょう」

「だれのことなんだい、それは」

「本で読んだことなかったの。ふたたび地上によみがえって、全人類の審判をする人のことを。最後の審判をなさるイエス・キリストという名の……」

解　説

生島治郎

星新一氏の作品について、解説をしてみろと依頼されても、氏の作品について、どうこう論評することはむずかしい。

氏の卓抜《たくばつ》なアイディアや見事などんでん返しについて、あるいは氏の創りあげた独特な世界について、どんなふうに解説したところで、よけいなことに思われてならないし、それで読者が氏の作品を理解できるとは考えられない。

要するに、氏の作品についての解説などは不要なのであって、読者は氏のショート・ショートを読んでみれば、自ずからそのすばらしさがわかるはずなのである。

それで、この稿では、作品の解説ではなく、星新一氏の人となりを紹介するにとどめておこうと思う。

星新一氏と私が知り合ったのは、もうかれこれ二十年ほど以前のことである。

私は当時、ある出版社に勤めていて、翻訳ミステリの専門誌の編集にたずさわっていた。まだ、当時は、ミステリがようやくブームになりかかっていた頃で、SFに関しては、ほとんどの商業ジャーナリズムが関心を示してはいなかった。

今、SFが隆盛をきわめ、SF作家たちの作品が次々と発表されては、世の注目を浴びていることを考えると、まさに、今昔の感がある。

小松左京、筒井康隆、半村良、豊田有恒、眉村卓、光瀬龍、平井和正等々の諸氏は、今でこそ、ブームの頂点に立つ売れっ子作家だが、当時は、『宇宙塵《うちゆうじん》』という同人誌に作品を発表するしかなかった。

はじめて、商業雑誌に発表の機会を与えられたのは『SFマガジン』が創刊されて以来のことであろう。

その『SFマガジン』も商業誌とはいうものの、きわめて小部数のリトル・マガジンであったから、これらのユニークな才能の持主たちが、マスコミに迎えられるチャンスはきわめてとぼしかった。

そういう状況のなかで、星新一氏だけは、ちょっと別格の地位にあった。

というのは、氏は江戸川乱歩氏の推薦で旧『宝石』誌に作品が掲載され、それが非常な反響を呼んでいたからである。

その作品、『おーい　でてこーい』は、それまでの短編の尺度では計りきれない、異様で奇妙な味を持っていて、氏がなみなみならぬ才能の持主であることを証明していた。

その後も、氏は続々とショート・ショートを発表しつづけ、それらのいずれもが、従来の短編とか掌編《しょうへん》小説とか称されたジャンルのワクからはずれた、いわば、氏ならでは創り得ぬ世界を確立していった。

ショート・ショートという名称は、たしか、海外の作品について、都筑道夫氏が紹介し、ひとつのジャンルとして認められるようになったと思うのだが、それらの海外の作品、スタンリイ・エリン、ロバート・ブロック、ヘンリイ・スレッサー、フレドリック・ブラウン、ロアルド・ダール等々の秀《すぐ》れた諸作品にくらべても、星新一氏の作品は異色であり、それらの作家の作品とはちがった独特の味わいを持っている。

第一、ショート・ショートという名称が日本で紹介される以前に、星新一氏は、すでにショート・ショートを発表していたのである。今でこそ、日本でもいろんな作家がショート・ショートを書くようになったが、星新一氏は、その先駆者《せんくしゃ》であり、日本におけるショート・ショートの鼻祖と云えるかもしれない。

氏はSF界の大御所的な存在というふうな感じがあるが、氏のショート・ショートは必ずしも、SFばかりではなく、ミステリの手法もとり入れている。

おそらく、氏はテーマによって、SF的な手法がふさわしい場合には、その手法を生かし、ミステリ的手法がふさわしい場合には、その手法を自在に駆使《くし》して、作品化しているのであろう。

これは、ミステリの鼻祖といわれるエドガー・アラン・ポーが、なにもミステリを書こうという目的ではなく、自分の書きたいテーマにミステリ的手法がふさわしいから、それを使って、数々の名作を生み出した状況に似ているのではないか。

およそ、小説というものは、スタイルに縛られるものではなく、テーマにふさわしい手法を使うことによってのみ、作品に生彩を与えられるものであるから、ポーの姿勢も星新一氏の姿勢も、まことに正しい。

この両者が、むりにミステリ的手法やSF的手法にこだわっていたりしたら、あれほどの傑作は生れなかったであろう。

ただし、星新一氏の場合は、ショート・ショートという制約を意識せざるを得ない立場にあるから、それだけに、苦労も多いことと察せられるが、私見によれば、星氏の場合の発想は、自然とショート・ショートに向いているのであって、作品を書きあげるまでには、アイディアを練りあげ、きちんと短い枚数の中でそのアイディアを生かしきるのに、それこそ、血のにじむような努力をしているのにちがいないとは思うものの、やはり、出来あがった作品はショート・ショートならではの持ち味を十分に生かしきっている。

そしてまた、氏の作品のどれもが、出来あがるまでの過程の、苦労や努力があらわに見えず、いかにも、スムーズに書きあげられているようにみえるのが心憎い。どだい、星新一氏の風貌からして、大人《タイジン》の風格があり、どうみても、こせこせした性質には見えず、なんとなく、良家の坊やがそのまま、成人したようにみえる。

ＳＦ界の大御所といったところで、権威主義でも事大主義でもなく、おっとりかまえているので、自然、他のＳＦ作家の反感を買うこともなく、みんなの信望を得ているという気配があるようだ。

氏自身は自分はきわめて常識的な人間であり、だからこそ、奇妙な発想が湧《わ》くのだと称しているけれども、私がつきあった限りにおいては、氏の常識と世間一般の常識とはいささかちがうのではないかと感じられる。

たとえば、もう十年以上も前になるが、星氏から、突然、電話があって、私を『ＳＦ作家クラブ』のメンバーにしようという発案があったが、反対者がいたので、クラブのメンバーにはできなかったと伝えてきた。

私自身はそんな申し出をした覚えもないし、拒否されたと云われても、狐につままれた思いをしただけであり、私ごとき正気《しょうき》な人間が『SF作家クラブ』の正気ならざる人物の寄り集りに入れられて、正気を失っては大変だと考えたので、拒否されたのはまさに神のお加護にちがいないと感謝したぐらいである。

「そのかわり、あんたがあまり気の毒だから、小松左京たちと一緒に、今度のクリスマスには、みんなであんたの家の前に押しかけて、クリスマス・キャロルを合唱して慰めてやろうと思ってるんだけど、どうですか？」

と星氏は云った。

冗談じゃない。ああいう連中が、クリスマスにわが自宅に押しかけてきて、胴間声《どうまごえ》でクリスマス・キャロルなど合唱されたのでは、隣り近所の迷惑もさることながら、私自身も気がふれたと誤解されかねない。

私は丁重にお断り申しあげた。

ことほどさように、星氏をはじめ、SF作家の連中の常識というのはアテになるものではない。

もっとも、こういう発想をする常識人の集りであるからして、いろんなタイプのSF作品が生れ、今や、SFはエンターテインメントの一ジャンルとして確立し、ものすごいブームを呼び起すことになったのであろう。

編集者時代から、ＳＦのファンであり、なぜ、ＳＦがマスコミに迎えられないか大いに不満であった私にとって、このブームは喜ばしい限りである。

それにしても、星新一氏は、このＳＦブームが到来する以前から、独自の地位を築きあげており、およそ、二十年にわたる文筆生活の間に、七百編以上のショート・ショートを発表しているのは、驚異という他はない。

しかも、そのいずれもが、水準をはるかにぬく作品ばかりであるのは、まさに超人である。

たしかに、海外にもショート・ショートの名手は何人もいるし、日本でも、ショート・ショートの傑作を発表している作家はいるのだが、星新一氏のように、七百編以上のショート・ショートを発表している例を私は知らない。

こう考えると、星新一なる人物は、人間ではなく、他の宇宙からこの地球へ迷いこんできた超能力者なのではないかという疑いさえ生じてくる。

（昭和五十二年六月、作家）

この作品集は、昭和四十三年十月に早川書房より刊行された『午後の恐竜』の後半の10編を収録した。

星新一著

ボッコちゃん

ユニークな発想、スマートなユーモア、シャープな諷刺にあふれる小宇宙！　日本ＳＦのパイオニアの自選ショート・ショート50編。

星新一著

ようこそ地球さん

人類の未来に待ちぶせる悲喜劇を、卓抜な着想で描いたショート・ショート42編。現代メカニズムの清涼剤ともいうべき大人の寓話。

星新一著

気まぐれ指数

ビックリ箱作りのアイディアマン、黒田一郎の企てた奇想天外な完全犯罪とは？　傑出したギャグと警句をもりこんだ長編コメディー。

星新一著

ほら男爵現代の冒険

〝ほら男爵〟の異名を祖先にもつミュンヒハウゼン男爵の冒険。懐かしい童話の世界に、現代人の夢と願望を託した楽しい現代の寓話。

星新一著

ボンボンと悪夢

ふしぎな魔力をもった椅子……。平和な地球に出現した黄金色の物体……。宇宙に、未来に、現代に描かれるショート・ショート36編。

星新一著

悪魔のいる天国

ふとした気まぐれで人間を残酷な運命に突きおとす〝悪魔〟の存在を、卓抜なアイディアと透明な文体で描き出すショート・ショート集。

星新一著

ブランコのむこうで

ある日学校の帰り道、もうひとりのぼくに会った。鏡のむこうから出てきたようなぼくとそっくりの顔！　少年の愉快で不思議な冒険。

星新一著

人民は弱し　官吏は強し

明治末、合理精神を学んでアメリカから帰った星一（はじめ）は製薬会社を興した――官僚組織と闘い敗れた父の姿を愛情こめて描く。

星新一著

おせっかいな神々

神さまはおせっかい！　金もうけの夢を叶えてくれた〝笑い顔の神〟の正体は？　スマートなユーモアあふれるショート・ショート集。

星新一著

ひとにぎりの未来

脳波を調べ、食べたい料理を作る自動調理機、眠っている間に会社に着く人間用コンテナなど、未来社会をのぞくショート・ショート集。

星新一著

だれかさんの悪夢

ああもしたい、こうもしたい。はてしなく広がる人間の夢だが……。欲望多き人間たちをユーモラスに描く傑作ショート・ショート集。

星新一著

未来いそっぷ

時代が変れば、話も変る！　語りつがれてきた寓話も、星新一の手にかかるとこんなお話に……。楽しい笑いで別世界へ案内する33編。

星新一著
さまざまな迷路
迷路のように入り組んだ人間生活のさまざまな世界を32のチャンネルに写し出し、文明社会を痛撃する傑作ショート・ショート。

星新一著
かぼちゃの馬車
めまぐるしく移り変る現代社会の裏の裏のからくりを、寓話の世界に仮託して、鋭い風刺と溢れるユーモアで描くショートショート。

星新一著
エヌ氏の遊園地
卓抜なアイデアと奇想天外なユーモアで、夢想と現実の交錯する超現実の不思議な世界にあなたを招待する31編のショートショート。

星新一著
盗賊会社
表題作をはじめ、斬新かつ奇抜なアイデアで現代管理社会を鋭く、しかもユーモラスに風刺する36編のショートショートを収録する。

星新一著
ノックの音が
サスペンスからコメディーまで、「ノックの音」から始まる様々な事件。意外性あふれるアイデアで描くショートショート15編を収録。

星新一著
夜のかくれんぼ
信じられないほど、異常な事が次から次へと起こるこの世の中。ひと足さきに奇妙な体験をしてみませんか。ショートショート28編。

星新一著 おみそれ社会

二号は一見本妻風、模範警官がギャング……。ひと皮むくと、なにがでてくるかわからない複雑な現代社会を鋭く描く表題作など全11編。

星新一著 たくさんのタブー

幽霊にささやかれ自分が自分でなくなってあの世とこの世がつながった。日常生活の背後にひそむ異次元に誘うショートショート20編。

星新一著 なりそこない王子

おとぎ話の主人公総出演の表題作をはじめ、現実と非現実のはざまの世界でくりひろげられる不思議なショートショート12編を収録。

星新一著 どこかの事件

他人に信じてもらえない不思議な事件はいつもどこかで起きている――日常を超えた非現実的現実世界を描いたショートショート21編。

星新一著 安全のカード

青年が買ったのは、なんと絶対的な安全を保障するという不思議なカードだった……。悪夢とロマンの交錯する16のショートショート。

星新一著 ご依頼の件

だれか殺したい人はいませんか？　ご依頼はこの本が引き受けます。心にひそむ願望をユーモアと諷刺で描くショートショート40編。

星新一著
ありふれた手法
かくされた能力を引き出すための計画。それはよくある、ありふれたものだったが……。ユニークな発想が縦横無尽にかけめぐる30編。

星新一著
凶夢など30
昼間出会った新婚夫婦が殺しあう夢を見た老人。そして一年後、老人はまた同じ夢を……。夢想と幻想の交錯する、夢のプリズム30編。

星新一著
どんぐり民話館
民話、神話、SF、ミステリー等の語り口で、さまざまな人生の喜怒哀楽をみせてくれる31編。ショートショート1001編記念の作品集。

星新一著
これからの出来事
想像のなかでしかスリルを味わえない絶対に安全な生活はいかがですか？　痛烈な風刺で未来社会を描いたショートショート21編。

星新一著
つねならぬ話
天地の創造、人類の創世など語りつがれてきた物語が奇抜な着想で生まれ変わる！　幻想的で奇妙な味わいの52編のワンダーランド。

星新一著
明治の人物誌
野口英世、伊藤博文、エジソン、後藤新平等、父・星一と親交のあった明治の人物たちの航跡を辿り、父の生涯を描きだす異色の伝記。

新潮文庫最新刊

白《しろ》い服《ふく》の男《おとこ》

新潮文庫　ほ－4－12

昭和五十二年八月三十日　発行
平成十七年三月二十五日　四十四刷改版
平成二十二年六月二十日　四十七刷

著者　星《ほし》新《しん》一《いち》

発行者　佐藤隆信

発行所　株式会社新潮社

郵便番号　一六二―八七一一
東京都新宿区矢来町七一
電話　編集部(〇三)三二六六―五四四〇
読者係(〇三)三二六六―五一一一
http://www.shinchosha.co.jp

価格はカバーに表示してあります。

乱丁・落丁本は、ご面倒ですが小社読者係宛ご送付ください。送料小社負担にてお取替えいたします。

印刷・株式会社光邦　製本・憲専堂製本株式会社

ISBN978-4-10-109812-8 C0193